不討好別人的職場生存術

梅洛琳 編著

目錄

CHAPTER 1 身為上班族，你如何正視自己？

01 自制力，為你開拓寬敞的職場空間——008
02 這個機會不屬於你——012
03 做自己，不用裝得很厲害——016
04 名聲無法掌控，但工作力可以——020
05 工作讓你失去自由？——025
06 工作也可以給你好心情——030
07 何必貪求力所不及的事物——034
08 矮人一截並不可怕——038
09 你不用討好他人，但得管好嘴巴——042

CHAPTER 2

討好別人很重要嗎？

01 職場人際關係就像是一張大網 — 050
02 寬待彼此，工作才會更圓滿 — 054
03 自主判斷，不輕易迎合他人 — 058
04 撕掉身上的便利貼 — 062
05 面對不可避免的雜事 — 066
06 你跟同事是什麼關係？ — 070
07 你能一個人工作嗎？ — 074
08 看清楚你的目標 — 078

CHAPTER 3

上班族的生存之道！

01 確保你的工作效益 — 084
02 掌握你的人格特質 — 088
03 人際關係的雙向性 — 091

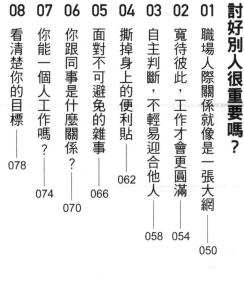

04 為什麼你會感到焦慮？——096
05 每個人都可以從失敗中站起來——100
06 得體地展示你的能力——104
07 別讓情緒佔據了工作時間——108
08 如何避開你爭我奪？——112
09 不要生他人的氣——116

CHAPTER 4 面對工作上的要求，我該怎麼辦？

01 別讓「標準」傷害了自己——122
02 行動才是取得成就的關鍵——127
03 任何事物都可能幫助到你——131
04 振作！才有能力工作——135
05 不因他人尊敬你而自我膨脹——139
06 勇敢地面對困難——143

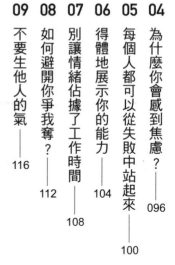

07 自信和謹慎並不矛盾——147

08 你以為理所當然，他人卻不這麼想——151

09 站在公司這座舞台——155

CHAPTER 5

真正的做自己，是為自己而活！

01 知足者才能自樂——162

02 平靜、快樂才能好好工作——166

03 充滿自信，控制停損點——170

04 工作煩悶時如何突破？——174

05 努力工作卻不得賞識？——178

06 接下來你只要認真工作——182

07 工作對你的意義——186

CHAPTER 1

身為上班族，你如何正視自己？

01 自制力，為你開拓寬敞的職場空間
02 這個機會不屬於你
03 做自己，不用裝得很厲害
04 名聲無法掌控，但工作力可以
05 工作讓你失去自由？
06 工作也可以給你好心情
07 何必貪求力所不及的事物
08 矮人一截並不可怕
09 你不用討好他人，但得管好嘴巴

01 自制力，為你開拓寬敞的職場空間

我們面對任何事情，都要懂得「理性」思考它的前因後果，還有你可能看不到的另一面，之後才應對行動。

運用腦袋、暫緩、自制力，更重要的是，具有判斷這件事情究竟是好是壞，還有它對我們帶來的影響，也就是明辨的能力。

就像應酬時，有人會說，你如果不肯喝這杯酒就是不給他面子，難道他的面子就只值這一杯酒嗎？

真正的面子是讓人打從心底去尊敬，而不是靠黃湯下肚。或許你的酒量還不錯，認為喝個一、兩杯，可以為現場帶來歡愉的氣氛，交易也比較好進行，但你懂得自制

的話，整個場面只能控制在輕鬆熱鬧，而不是放縱的狀態。

當你辛勤工作一整天下來，你可能非常疲乏，身心俱疲就想找一點休閒娛樂，可能是打個線上遊戲或購物享受美食，想要放鬆一下，這都無可厚非。

但如果長期沉迷虛擬世界，心思都在其中，忘了自己該做什麼事，甚至在隔天還頂著黑眼圈去上班，這時候，你可能就要好好思考一下，這些選擇給你帶來的後果。

這不禁讓我們思索，我們所做的任何選擇，究竟只是為了一時的滿足，還是能夠幸福長久？

一時的快樂、滿足，其實很廉價，因為它只會讓你停留在當下，無法改變你的狀態，甚至阻礙成長。

下班後，有人想要去語言學習班上課，結果受到同事邀約的誘惑，跟著對方去唱歌玩樂，多了一天的短暫快樂，就少了一天的學習。

在那一刻，你可能覺得開心，但長期下來，一下去唱歌，一下去吃飯，你終於覺得不對勁，回頭看看自己，什麼也沒有做到，而時間已經浪費這麼多，開始後悔當時的自己沒有克制能力。

你要知道，長期的滿足是來自於你在事業上的成就，或是專長上的精進，當你察覺到自己不斷的強大、茁壯，他人在專業上必須依賴你時，那股滿足會持續地累積，對你的成就有所助益，最後成為長久的幸福。

不可否認，人們不可能總是往前走，累的時候想要睡一下，或是下午時候來杯咖啡跟下午茶，一週休息個兩天，這都很正常，只是怎麼樣設置一個停損點？自制力就成了我們思考的重點。

當你想要到達目標，不論是個人的自我期許，或是公司為每個人設立的目標，你是不是可以犧牲個人的時間和娛樂，一步步的接近它？

這個過程可能是痛苦的，你想要追求渴望，勢必要付出一些代價。至少我們可以明白，在追求這些事物的過程中，我們所做的選擇，也奠定了我們的基礎。

當我們為了更精進自己的技術能力，或是第二、第三語言，我們犧牲了個人與家人、朋友的相處時光，隨著自己的進步，會發現，我們不但感到愉悅，同時也覺得自己越來越有價值，對自我也更加具有信心。這些都是在執行的過程中所得到的收獲。

你所做的任何決定，是為了自己更進步，而這不斷積累的一切，也讓我們在這個漫長的過程中得到滿足。而這份滿足會大過於當初你做出決定時，另外一方面的遺憾，甚至慶幸當初做了這個抉擇。

在面對不同事物，不斷的選擇當中，我們可以明白哪些值得我們擁有，哪些值得我們捨棄？如果能夠進行思考，辨別什麼對我們未來的發展有所助益，或是什麼是有害的，我們就能夠減輕事情不利時所帶來的痛苦。

當你察覺你的選擇只能帶來一時的歡娛，而非長久的幸福時，就先暫時忍耐吧！那並不是失去，而是一種自制。

當你有了自制的能力，你可以有更多的空間，做出更適合的選擇。最後，你可以為你的自制感到自豪，為擁有長久的滿足而快樂。

02 這個機會不屬於你

試想，如果在宴會當中，你的肚子很餓，這時候侍者捧著一道菜經過你的面前，而那道菜剛好也是你所喜歡的，但他卻掠過了你，端到下一位的面前，這時你並不會伸手去奪取，因此錯失這道美味的菜餚。

工作上也是一樣，時機來臨，你所渴望的機會自然會出現在你面前，沒有輪到你時，不管你怎麼嫉妒，命運都不會將它放到你的面前。

就好比每個人都有升官的權利，但是你怎麼去爭取，就成了問題所在。一個團隊裡有十來個人，大伙沒日沒夜、加班熬到通宵，三個月後，功勞全被一個人搶走，其他人自然不是滋味。

當然將這份功勞撈走的人，本身也有貢獻，但是將所有人的功勞全部奪走，也就不夠得體了。

這就像一個人的肚子很餓，明明只吃得下一份雞排，卻叫了一整隻的烤乳豬，而且還不準別人碰，吃得十分難看。

又像有人因為為公司爭取到大客戶，上台接受長官的領獎、祝賀，這時候，底下開始了閒言閒語，認為他一定是靠著顏值，或是走後門，才會有這樣的成就，一時間，現場酸味四溢，氣氛也變得糟糕。

或許你的工作能力也不凡，只是剛好這次機會落到對方的頭上，而他把握住了，又怎麼因為他人的努力，而刻薄他呢？如此，反倒顯得小家子氣了。

因此，面對任何事物，我們都必須保持著我們的優雅、克制自己的慾望，最主要抱著感恩的態度，坦然的面對這可能發生的情況。

不論你如何渴求，既然目前這個機會被安排給其他人，暫且就耐心等待。就像你在一個盛會當中，原本焦點在你的身上，突然間，外頭來了另外一名貴客，所有的人的注意力，立刻被他吸引過去。

此刻，你可以上前跟他寒暄，或是笑眼看著這一切，面對變化時，請記得，你的態度要從容、舉止要優雅、行為要得體，不要失了你的格調。

我們可以保有自己的一套行為標準，並且堅持，就不會輕易地被左右。而在這套標準裡面，我們保持風度，在他人獲取榮耀時，給予掌聲及祝賀，並將他視為學習的對象。我們還有更多的事情可以做，像是回過頭看自己是不是還有哪些不足？在自己的機會還沒出現之前，做好更多準備。免得機會突然降臨時，不知道該如何表現，只能拱手讓人。

在還沒遇到機會之前，我們努力學習，彌補自己的不足，同時，在面對他人的榮耀不吝於給予掌聲。

你在這裡所顯現出來的得體，源自你的格調。在慾望當中，仍不忘自己的堅持，如此的你，充滿魅力。

當然他人不一定這麼想，他們為了自己的慾望，或是急欲展現自我，明明還不到他開口的時機，卻不斷的吹捧著自己，寧願逾越也要讓其他人看到他，這類的人是不會在意得體這一回事。

這樣的人，很容易忘了自己的目標和理想，但心中有所想法的你，就不要因為一時的放縱而破壞了格調。

我們盡力表現，所展現出如何面對事情的態度，不論你何時出席，都要像一個高貴的人。

最後，你會以最優異的狀態，在最好的時機，登上屬於你的舞台。

03 做自己，不用裝得很厲害

在我們的周遭，總有許多自以為是、志得意滿的人，他們的思考不夠周到、嚴謹，常常把自己的觀點套進眼前的事物，只看自己想看的一面。

這種自負的人只會讓周遭的人疏離、遠離他，因為沒有一個人能夠忍受另外一個人的驕傲，甚至那份驕傲還是愚蠢的。

對自己有信心是好事，但是自信到無法容納他人的意見，無法判斷是非，甚至什麼事情都是他說了算，事情的執行面也必須照著他的方式走，這類的人只用自己的眼光看世界。

這些人也許初出茅蘆，是由高學府畢業的；要不然就是在位置上待了很久，積累了不少經驗。對他們來說，他們所擁有的知識、經驗，應當足以應付職場上面對的困難與挑戰，不論他人對他說什麼都拒絕聽進去，也就無法成長。

不論你的學歷再高，職場經驗有多豐富，在非自己專業之前，都請像飽滿的稻子一樣低頭，最好就是把自己歸零。

跟你雖然無關，卻又相關的領域，如果能有涉獵，對於自己未來的工作也能更加得心應手，也能理解為什麼要這麼做？

保持開放的心胸，讓新的資訊流入你的腦中，並接受它，從中判斷你所能取得的資訊，對於你更有助益。

一個自大的人，對於他的工作態度是保守的，因為他只會相信自己的經驗與判斷，而不肯讓新的東西來協助成長。

這個瞬息萬千的世界，每天都有爆炸的資訊，可能是你周遭事物的變化，也可能是網路世界，須知這些內容虛虛實實，我們必須保持清明的腦袋，從這真真假假的資訊當中，找出對自己有用的資訊，而不是看到什麼就相信什麼。

去聽聽上司真正的聲音，去聆聽客戶真正的需求，一個懂得觀察和傾聽的人，他們會去注意到底發生了什麼事？而不是他們認為發生了什麼事？

放下你的驕傲，去看看這嶄新的世界吧！

如果你希望更貼近成功，除了努力，還要放棄你的自大跟自傲，因為那就像是一扇擋住了我們求知的大門。

即使我們擁有嶄新的知識，如果過於自負，陶醉在自己擁有的能力，還有過去的經驗而沾沾自喜，如果此刻還露出驕傲，那可是相當危險，因為你已經開始擋住了進步。

用謙卑的態度去做好每件事吧！

在面對新的事物時，我們可能會因為缺乏經驗而處處碰壁、踉蹌而行，不知道該怎麼進行？這時，不妨放下身段，去跟有經驗的人請教，即使他可能年紀比你輕，但在他的領域上有足夠的專業度，又為什麼不能討教呢？

一個能夠成功的人，除了具備很多因素，其中一項就是他們不會因為無知而感到可恥，相反的，他們會不斷的去尋找方式，想辦法破除難關，他們不會害怕事情做得不好，對他們來說，能不能解決問題，或是吸收他人的經驗，藉以提升自己的能力，才是他們所著重的一面。

那麼，我們就要注意不要變成一個自大的人。

難道我們好不容易搞定一個難纏的客戶、或是好不容易實現了那些看起來很困難，達成了艱困的目標，我們就不能驕傲了嗎？

我們可以為我們的成就感到滿足，但是那並不是自大。

滿足和驕傲從來不是同一件事，驕傲的人總是只關注、只想著自己，對他人的情感或事情卻缺乏興趣，滿足卻是自我認可。

戒除自大吧！不要假裝我們很厲害，有多少能力，做多少事，忠實的呈現出來，會讓你走得更遠。

04 名聲無法掌控，但工作力可以

「這件事情我做不好怎麼辦？」「我有這個能力嗎？」「如果我這麼做，做錯的話，別人會怎麼看我呢？」當我們承受來自四面八方的壓力，會開始感受到恐懼，隨之而來的就是焦慮。

面對手上的工作，擔心別人對我們的看法，我們會感到焦慮和恐懼，因為他人而引起的這種情緒都太普遍了。

當你接到一份新的工作時，像是你以前從來沒有做過採購，或是要成為業務出去拓展客戶，這項工作落到你的頭上時，你倍感困擾，擔心這麼做的同時，其他人會怎麼想？或是認為自己沒辦法勝任，對自己的能力感到質疑。

這些困擾和恐懼，根本是杞人憂天，我們必須要明白，不管我們再怎麼維護名聲，也沒辦法讓所有的人都滿意。

既然沒辦法控制其他人的看法，只要好好做好自己就好了。上頭交待下來的工作，好好執行，堅守你的工作崗位即可。說穿了，大部分的人也只是一個普通人，即使名聲再好，也不會有任何影響。

這並不是說我們就可以隨便做做，敷衍了事，而是跟焦慮比起來，還不如將心思放在工作上，並盡力將它做到最好。

如果在工作的過程中發生錯誤，那麼，能夠自我反省、糾正錯誤，將它導回正確的路上，就不要為了別人怎麼看你而煩惱了。

可能有人會認為有了名聲，或是更大的權力才能夠做更多的事情，這點也沒有錯，不過，多數的人都只是普通人，沒有人會指望一個普通人能做出什麼驚天動地、拯救世界的事情。

既然是新手的話，也沒有人會對你有太大的期待，做的好是意料之外，做不好是正常的。

就算你真的做到了，那些人也不一定會認為這全都是你的能力，說不定只是新手的運氣。

假使你真的成功了，卻利用不法勾當，犧牲了個人的德行，那麼，這麼做是無比的愚蠢。

當有人提供誘惑，希望你利用自己的職權，給予通融，你是為了自己的利益，而睜一隻眼、閉一隻眼？還是堅持平時做事的原則？這是值得我們思索的。

就像你接了一個標案，其中牽扯到採購利益，你是為了良心而堅持品質，還是屈服於壓力而做出違背良心的事？

如果我們能夠明白他們給你的好處不過是一場短暫的快樂，你在收到裝滿現金的禮盒時，還得提心吊膽，擔心之後會不會被警察請去喝茶，甚至被蓋上賄賂的標籤，就會發現，這一切都不能讓你心安，甚至還會帶來災難，就會去拒絕所謂的甜頭，並且盡力去完成決定，盡力將它做到最好。

既然你已經盡自己最大的努力，並且把工作完成，不管結果如何，對自己有個交待，就不會再找藉口來為自己辯解，也不會再自責焦慮。

如果有人要求你為了公司的名聲和利益，要求你做出困難的決定，我們要好好想清楚，這並不是要你去做做不到的事，而是盡力做好你擅長的事，並且它發揮到極致。

如果你是一個採購，就做好採購應該做的事，去採聽市場的行情價，在合理範圍內，為公司謀取更多的福利，並保有品質；如果你是一名會計，就把公司的帳清清楚楚的算好，而不要含糊不清，成為呆帳。

如果在社會，或是公司做任何事情時，都能夠保持做事的品質，而且為人正直且誠實，不論我們是什麼地位，都對得起自己。

如果口口聲聲說是為了公司、為了大局，卻損害了自己的道德，這種人根本不可能為公司作出真正的貢獻。

當我們的名聲遭到懷疑，引來批評或謾罵時，辯護和解釋是一種方式，但最好的辯護方式，是你平時做事的品質，也就是你過去的所作所為。你盡心盡力做的事，會在你遭受曲解時，會明明白白躺在那裡，為你證明清白。

我們無法控制他人的想法，也無法決定他人對我們的印象，當有人批評我們時，我們不必要浪費太多的心神去跟他們計較，只要將你過去的成果展現出來即可。

當你因為名聲的損失而感到焦慮時，不妨想想，平常做事是不是無愧於心？這可比無法控制的名聲來得重要多了。

05 工作讓你失去自由？

對一個上班族來說，「上班」本身似乎就是個束縛，不是成天待在辦公室裡，要不然就是時間都屬於公司，被公司綁住了。

然而，就實際層面來看，不工作的話，你又會貧窮潦倒，被待繳的水電費還有車貸、房貸所困擾，旅遊、大餐根本連想都不用想。

當你透過自己的才華、能力、技能，付出了時間和心力，獲得了財富和資源，這些都讓你想做的事情不再畫大餅，也不至於為了特價時才能買到黑毛和牛而沮喪，你還會認為上班本身是個束縛嗎？

上班之於生活或是夢想，也有可能只是個橋梁，透過工作，你可以達到一些你想要完成的事情。

認為工作會失去自由的人，是因為不曉得自由的真正含義，你會發現，即便有許多人不滿意他們現在的工作，但也沒有勇氣立刻辭職；就算他們離開了原有的工作，其實也只是休息一陣子，很快又找份新的工作；要不然就是轉換跑道，而不至於永遠待在家裡。

因為他們知道，如果沒有工作，生活會更加不自由，想做的事會更加難以執行，工作可以讓你獲取自由。不管是現在的養家糊口，或是將來環遊世界的夢想，沒有工作的話，你連想吃個高級牛排的夢想都達不到。可以說，你想做的事，會間接透過工作，一步一步去達成的。

人們之所以會對工作感到厭煩，除了對報酬的斤斤計較，更多是被工作牽著鼻子走。或是工作的時候，因為要做違背良心的事，所以感到不安。這些人就算坐在牛皮製作的椅子，心卻像被關起來似的，故而感到痛苦。

因為金錢的慾望，有些人選擇放棄大展其才，而屈就高薪的環境，他們的確是獲得財富了，但一輩子都在喟嘆，認為想做的事一直沒有完成。

有些人因為公司內的鬥爭，而選擇了派系，其實不管他選哪一邊，結果都是一樣的，因為他都得聽從上司，而無法擁有自己的主見。

汲汲於工作的人，忘了工作是讓他去完成一些目標，或是獲得更好的生活品質，而不是擔心一旦沒了工作，就失去了薪水，結果一年三百六十五天，一天當中，除了睡覺，剩下的時間都在加班，這些人時時被不安所籠罩。

最明顯，同時也是最多數人的例子，就是在美好的時光與工作為伍，而忘了家人親友正在等他。等到家人一個一個離去、消失，或是在職場上，自己不那麼重要了，或是健康走下坡，才感嘆與家人親友在一起的時光是最珍貴的，常常為時已晚。

另外有人認為只要達到像帝王的財富和地位，就可以做自己想做的事。事實上，就算是高階主管或老闆，他們的年薪可能令人咋舌，相對的，他們的工作和承擔的責任也不是常人所想像得到的，一個家庭的個人責任，跟十萬個家庭的企業責任，自然是不同的。

這些所謂的人中龍鳳，都無法按照自己的想法隨心所欲生活，那麼一般人還有可能按照自己的想法過活嗎？

自由，從來不是向外求，聽聽內心的聲音吧！

對上卑躬屈膝，或是奉承諂媚的人，心靈是不會有自由的，不論是為了公司或個人的利益，心頭總是慌恐、惴惴不安，不管你是一般的職員，或是高階主管，當心靈上受到阻礙和強迫時，就已經被捆綁了。這些束縛不是他人給你的，而是你自己將自己束縛了。

雖然你的身子可能在職場，時間和空間都貢獻給公司，覺得自己好像沒有什麼屬於自己的自由，但你要是能學會分辨，就不會再感到窒息了。

既然那份榮耀是同事趕了三個月的通宵才擁有的，又何必忌妒他呢？你所擁有的是與家人相處的時光，以及正常的作息。

豐厚的年終獎金，是業務員拜訪多少客戶，工程師費了多少心神才得來的，就不用因為他得到了十個月，而你只拿了三個月的年終獎金而酸言酸語。

拋棄那些忌妒和恐懼，你就會感到自由且暢快。

當你將注意力集中在像是事情要怎麼做才有效率、不拖泥帶水，維護好做事的品質，不給人帶來麻煩時，你的心情會輕鬆許多。

這時候，我們是自由的，在職場上從容自在，幸福與快樂自然而然向你迎來。如果有外來的壓力，迫使你拋棄這一切，當你明白答應讓那些外物流入你寧靜的心中，也就有所警惕了。

一個自由的人能夠選擇他所想要的生活，就不會被強迫、壓榨，能夠擁有選擇性、並實現自己的願望，這就是自由。

06 工作也可以給你好心情

那些只是為生活而應付工作的人，總是叨叨絮絮、埋怨工作帶給他們總總的不便，卻不理解工作為為他們帶來的價值。

他們跟工作的連結是薄弱的，薪水則是例外，他們認為自己的身體、精神，還有時間都被束縛、被工作綁架了。

而忘了對工作的責任感，也缺乏熱情。他們忽略了工作包含著公司的託付、上級的期望，或許還會認為這一切不過是壓榨、是折磨，因為這些人不會把它視為是自己的事，而是山上滾下來的石頭，又沉又重。

當一個人視工作為負擔，身心就感到痛苦，但又因為需要工作所帶來的收入，所以不肯鬆手。

這種人雖然沒有放棄工作，卻偏離了工作崗位，他們不知道工作所能發揮的價值，以及帶來的快樂，卻又擺脫不掉內心的鬱悶，覺得懷才不遇，或是沒有人能夠了解他們，故而感到痛苦。

他們可能是櫃檯的收銀人員，也可能是洗車廠的員工，也可能是你、是我，包括位居要職的高階主管，這些人不至於完全放棄工作，或是什麼事也不做，在一天的工作結束之前，給予最低限度的表現。

你會發現他們對於工作的態度是慵懶的、不積極的，你在他們的身上，看不到對自己的喜好。

工作無法為他們注入活力，他們也無法找到動能，於是，日子一天過一天，唯一能讓自己振作起來，就是守著你的工作崗位，而不是嫌棄它。

當你正視你的工作，對它產生責任感，將心力投入其中，並打算將它做到最好，那麼，就不會因為它是上級交待下來的事情而感到萬般沉重，也不會因為那是顧客的要求而不耐煩，如果這些交待的事務，或是顧客的要求，都在你原本的工作項目中，就不要抱怨，自願將它做到最好。

當你正在舉辦一個大型活動，有不同聲音，要求你更多的職責，這時候，你所必須思考的，是怎麼讓活動盡善盡美，而不是討好每一個人，或是埋怨所有人。

當你正在執行一項企劃，有人對你的安排感到不滿，你所要做的，是怎麼讓企劃執行到最後，而不是害怕他人的眼光而暫停。

如果你能了解能夠指責你的，只有工作本身，還有自己的良心，那麼，那些不相關的人事物就不會感到害怕了。

即使那些人擁有大權，但只要你做好工作，讓成績和表現說話，何必在乎他人呢？如果你在工作崗位上，將工作的每一步都妥善完成，為什麼還要擔憂他人的評價，甚至嫉妒別人擁有的東西，卻看不到自己的價值呢？

當你花的每一分心思，都提高了工作的品質，足以維持公司的運行，那也沒有什麼好抱怨了。

你的價值因為工作而彰顯，也因為有你的努力，事情才得以運作下去。當你覺得自己價值低落時，就透過工作來證明你的價值吧！

投入你的心力，找出你和工作的交接點，在其中，你會發現裡頭擁有樂趣。它雖然不像休閒娛樂能讓人感到鬆弛與舒暢，但當你透過工作而取得的成就，它所帶來的滿足，幸福感卻是長久而會持續著。

就讓自己和工作融為一體，發光發熱吧！

07 何必貪求力所不及的事物

當你費盡心力，獲得所謂的榮耀，此刻，眾人的目光集中在你身上，你成了萬眾矚目，接受眾人的道賀而沾沾自喜，但是，光與熱也會慢慢失去，溫度總會消退，人們的眼光也會從你身上移開，而到新人的身上。

這是因為你沒價值嗎？其實並不盡然，要知道，那些你以為不變的局勢，或是人事上的調配，包括權力的轉移，這些並沒有消失，而是在流轉。

「十年河東，十年河西」，萬物都有所消長，人事的變化就更不用說了，既然如此，就不要因為那些異動而讓你感到悲傷。

再者，人人都有機會在這個世界紅上十五分鐘，前浪也無法永遠站在浪頭上，你如果迷戀這種狀態，會對變化感到不適應，一旦有了異動，反而無措。

你是一個很重要的人，為公司做了不少貢獻，但是公司做了一些改革，將你手上的事情重新分配，這時候，你覺得自己被看輕了，沒有那麼重要了，覺得失去了自我，或是被忽略了而感到頹喪。

你所愛戴的主管調走了，手下的愛將離開了，情感難以割捨，這時候，仍要保有理性，就算你很喜愛那些人事物，也不要因為過度的想像，以為天會塌下來了而感到失落，那只會讓你覺得悲情罷了！

好好控制你的想像，並且約束它們，同時提醒自己，凡事都有正反兩面，正如同有日出也有日落，下一次，又是一個循環。

就算你厭惡那些你把握不住的事物，它們還是有可能到來，公司改革、市場變化、人事變遷，都足以影響整個局面。

當事情發生時，不論那是為何，就讓它自然而然流入，或流出你的生命中。這並不是毀滅，而是另外一種安排。

你會發現你的職務雖然調動了，你會發現要擔的責任不一樣了，義務也不一樣了，思索的層面也更加寬闊了。

原來當初在這個位置上的人，有他的難處與限制，當時的你，可能無法理解，還曾經造成衝突呢！易地而處之後才明白，彷彿換了個腦袋。

就算你很有幹勁，想要繼續衝刺，體力和年紀也是個考驗，不可能永遠都保持在同一個位置。

有些事情，就交給其他人吧！要懂得鬆手。我們要做的是在這些獲得和捨棄之中，保持一顆安寧和諧清晰的腦袋。

不要因為自己做不到或失去，就覺得被遺棄了，相反地，應該因為目前所擁有的，或是能夠做到而感到慶幸。

我們所應該關心的，是當下這個階段，手頭上的工作究竟做好了沒？有沒有確切執行？在異動之後，不讓自己再蒙受更多損失。

不管是三年、五年，還是十年，在你漫長的職場歲月中，總是會發生許許多多、各式各樣的事情，有些人因為加官晉爵而高升，遠離了原來的位置；有些跟你關係良好的人因為家庭、或是健康關係而離開公司，難道你都要因為這些而感到悲傷嗎？

而人事的變遷或是權力的收回，更是無法控制的，那些因為覺得自己無法挽回，而感到悲傷、煩躁、不安的人，你會發現他們可能只是因為抗拒變化而不肯改變，以為自己還是閃耀的那一顆星，迷戀地位或權利帶給他們光環的人。

既然是你無法控制的，那就把能把握的，好好的握住吧！過去的就讓它過去。我們當下要做的是，守著自己的工作崗位，做自己所能做到的事情，不讓脆弱的想像打擊自己，讓自己沉淪過往，用理性去抵制、打敗它！

那些因為自己無法達到，就感到崩潰、怨天尤人的人，沒有想過要靠自己，而希望他人能為自己挽留一切。

至於那些在工作上獲得幸福和滿足的人，他們知道，不論處在什麼樣的環境，被那些沒辦法阻擋的事情推動時，還是會盡力完成自己的事務，這是他們益顯珍貴和彰顯價值的原因。

08 矮人一截並不可怕

因為頭銜比不上他人，或是權力、名聲沒有其他人高，有些人就感到羞恥，覺得矮人一截，不敢跟親朋好友說你從事什麼行業？

這樣的遮掩並不能夠改善什麼，社會上多的是沒有頭銜，或是沒有權力、名聲的人，他們依舊過得很好，不會因為這些而感到威脅。之所以會覺得這些事情丟臉，害怕被恥笑，是自己的想像。

說穿了，會恥笑自己的人，恐怕只有你，只是自卑心在作祟，你的自信來自於他人的眼光。

不管你目前是什麼情況，地位不如之前顯赫，或是名車已經被公司收回去？既然已經無法改變，為何不坦然接受？沒有那些，工作就會不順利嗎？

事情順不順遂，絕大多數都是看你有沒有用心投入在其中，跟你所擔憂的那些無關。因為覺得缺乏那些東西而感到丟臉，是因為你把重心都放在他人的身上，在意他人的評價，以致於自己在這頭無病呻吟。

因為害怕那些東西的匱乏，搞得自己相當痛苦，其實，你是害怕在這之前會發生的一系列事情。

更準確的說，少了他人的阿諛、吹捧及拍馬屁，讓你感到失落，沒有他人的奉承，覺得自己不被重視，這才是你真正的恐懼。要不然沒有這些，工作照樣進行，不會因為多了幾個頭銜而輕鬆。

能夠讓你在職場上，被人看到你的重要性，除了你做事的品質和態度，就是你的意志，因為你那不放棄、貫徹始終，想要盡善盡美的態度，會吸引著人們。有了堅強的意志，你會充滿信心，也不用再為那些虛浮的表象感到恐懼。

當你在意那些跟公事無關的事情時，心思就很難放在工作上，這樣的人，很難相信他會全心全意的投入其中。

只要你將交待下來的工作當作一回事，並全力以赴，還會有人輕視你嗎？真正用心做事的人，是不會被忽略的。

現在的你可能還是青年，或是壯年，還可以做很多事，為什麼要擔憂呢？該來的時候，它終究會到來。

你所害怕的，真的存在嗎？

擔憂自己的匱乏，並不會讓自己變得更好一點，只是認為自己的短缺，在其他人面前抬不起頭來，甚至丟臉，就有些可笑了。

你所計較的頭銜，他人究竟有沒有在意？你所發的名片，會不會一轉身就忘了放在哪裡？不過是自己的自卑感，將自己推向痛苦的深淵？

不用因為自己本來就沒有，或是想要擁有，卻不可得的名聲或財富感到惋惜。既然原本就不屬於你，又有什麼好感嘆？

匱乏，代表你擁有另外一片空間，而在那個空間，你可以將它填補，可能是友情，可能是家庭或健康，因為匱乏，你可以做的事還有很多，比如思考。甚至是你的工作，好好專心在它上面吧！

不論你現在處於什麼職位，透過工作將自身價值徹底發揮，如此就不用為你所缺乏的感到不安。

你會發現，先前之所以害怕匱乏，原於缺乏信心，當你對自我充滿信心，心靈會逐漸強大，不受慾望、妒羨及焦慮捆綁，你就能在職場上怡然自得。

09 你不用討好他人，但得管好嘴巴

雖說問心無愧，行得正、坐得端，不論說什麼、做什麼，理應不用太在意他人的目光，但是說話不只呈現一個人的氣質和修養，在職場上更是影響到人際關係，讓人不得不重視。

不管你所討論的是公事還是私事，對他人不敬，忽略他人的感受，這些都是不恰當的行為。

當你在公開場合討論自己的想法或感受，卻不加節制是很危險的，要知道，當我們喋喋不休時，很容易忘記要討論的重點，不僅那些言辭起不了任何作用，還流失有意義和價值的想法，只會讓你淪落八卦一族。

試想，當你大部分的時間都在談論跟工作無關緊要的事情，老闆或是同事怎麼看你？你在公司的形象，除了行事，還根據你的舉止及言論。

少談一些沒營養的東西，也不要跟那些只會談沒營養事物的人常在一起，如果你對你的工作有企圖心，就不要浪費太多時間在這方面，除了擔誤你的正事，也會讓人以為你們是同一種人。

再者，你所吐露出來的話語，可能自己不自覺透露了某些訊息。不少事業上吃了悶虧的人，最後才發現原來是自己無意中的一句話，最後卻成了他人的把柄。

當初是怎麼洩露出去的？是在跟對手喝咖啡時，無意提到正在進行的計劃？還是在高談闊論時，忘了隔牆有耳？

如果不能時時警惕你的發言，那就閉上嘴巴吧！

不要為了彰顯自己有多了不起，或是知道多少事，而讓自己立於必敗之地，說話要注意時機、場合。

這並不是叫你完全不能說話，而是說話必須謹慎，像陳述自己的意見，跟把情緒帶進去的言論，是兩回事，如果僅憑一時喜好，或逞口舌之快，反而讓人忽略了你想要表達的真正意思。

同時，也要言之有物，如果你老是講著瑣碎的事情，那在外人看來，你也只是一個無聊的人；如果你老是藉著貶低他人來突顯自己，那麼，充其量你也只是一個心胸狹窄的人。

而在談話中，有不少人開著自以為是的玩笑，還以為幽默，而這些玩笑很可能造成其他人的不舒服，而他人可能礙於說話的人權高位重，或是友誼關係而選擇悶不吭聲，但不代表他們打從心底喜歡這種發言。當然了，我們也要避免自己成為這樣的人。

那些藉著貶低他人，來突顯自己有多了不起的玩笑話，只能叫做嘲弄，而不是真正的幽默。

如果想要藉由嘲弄來引起眾人歡笑，不如嘲笑自己，說不定還能博得滿堂采。要知道，真正能夠帶來享受和歡樂的幽默，是有高尚的格調。

而在正式的社交場合上，對於言辭，就要有更高的要求了。這並不意味你只能談正經事情，或是討論嚴肅的話題，而是說話要有建設性，給人正面、積極的印象。

同時，談話的時候，自己也要有判斷力。這種判斷是雙向的，一個是判斷他人的言辭，一個是自己的。

你必須要了解自己說話是否老是過於自誇？你可以告訴其他人你為公司做了什麼事，但不要自吹自擂，那泛著傲氣的優越感只會讓人嫌惡。一個老是講著自己豐功偉業的人，到底有多少人在乎？

至於那些粗俗，充滿挑釁，甚至油腔滑調，賣弄自己的言談，就更不用說了，那些並不能顯示你有多聰明，只會讓認識你的人降低對你的尊重。

很多人為了更有說服力，或為了達到羞辱他人為目的，都會說一些不堪入耳的話。如果你發現你的周圍有人講了這些話，改變不了話，就盡快離開吧！你可以靠說話技巧，把話題引導到更有意義的問題上。

當你發現你的目的並不成功，可以義正詞嚴的告訴對方你的感受，要不然，就是保持沉默，不要與之起舞，降低自己的格調。

那些我們認為重要的事情，更是不要隨意討論，不只所謂的商業機密，大多數的人只會看到自己想看的一面，而忽略了它潛在的優點。更甚者，還會以為你選擇了跟他不一樣的派別，也對你產生莫名的敵意。

所以，在把我們的想法展示出來之前，尤其是那些反對的人，還有見識淺薄的人面前，我們必須要在心中仔細斟酌一番。

與人相處時，我們對於言辭就要有更高的要求，你想讓人知道你是有價值，並且值得信賴的，你就必須讓人家覺得你談的話是有意義、有深度的。

重視言談的力量，你的言論所呈現的氣質，決定了你是什麼樣的人。

CHAPTER 2

討好別人很重要嗎？

01　職場人際關係就像是一張大網
02　寬待彼此，工作才會更圓滿
03　自主判斷，不輕易迎合他人
04　撕掉身上的便利貼
05　面對不可避免的雜事
06　你跟同事是什麼關係？
07　你能一個人工作嗎？
08　看清楚你的目標

01 職場人際關係就像是一張大網

在這個世界上，人不可能完全不跟其他人說話，雖然常常有人覺得自己非常孤獨，但實際上，他們還是不可避免與他人接觸，像是去買東西時，跟店員說句話，或是在出門時，跟左鄰右舍打招呼。

進入職場就更不用說，難以避免必須跟同事往來，就算你再怎麼不想與人接觸，私事可以避開，公事卻很難如此。

只要你在公司，你就是公司裡的一份子，在你身邊會有所謂的人際關係，可能很龐大，也可能很小，但在人際關係中，你有沒有想過你要如何立足？還有，在這道人際關係網中，你承擔著什麼的責任？

首先，你要先想一下你是誰？

很多人認為他雖然人在公司裡，卻覺得自己微不足道、沒什麼價值，只是做些別人不想做或無關緊要的事。

很可惜的，這些人從來不去思考一件事，就是他們是這個世界的主角。

一個身為主角的人，擁有思考的能力，他懂得將手頭以及其它的事物串起來，同時，也有責任所在。

如果在公司裡可以找到你跟他之間的連繫，就可以找到你的責任。比如你的身分是經理的祕書，對上、對下都有關連，一旦立足點出來，所謂的責任就出來了。

你也可能是一位宅配人員，那就好好做著宅配的工作，將貨物迅速而安全的交到客戶的手上；你可能只是咖啡店裡的員工，那就好好煮上一杯香醇的咖啡，讓每個人喝咖啡的人，都有精神面對每一天；你可能是個司機、郵差……當你知道你在社會上的角色，就知道自己該盡什麼責任。

而在職場中，你眼前的這個人可能是你的上司或長官，就必須清楚知道，你是他們的下屬。

在公事上，你們有著連結，你會對上司尊重，不只是因為他是你的上司，而是一個有格調的人會尊重每個人，只是在公司行號裡，他剛好是你的上司。

一定會有很多人認為，他們這個上司既粗俗又愚昧，還得理不饒人，處處針對你，真是糟透了，簡直差勁極了！

只是，我們要明白，當一個人進到職場，是沒辦法去選擇他的上司的，就像你會誕生在什麼家庭，也由不得你。上天不會因為你的喜好，而給你一個完美而理想的長官。不論你如何不滿他的脾氣或行事作風，只要你還在職場，屬於你的工作本分還是要完成，而不是撒手不管，留下爛攤子。

同事之間，固然有所謂的情誼，更要重視的是，即使你們的關係還不錯，都不能因私忘公。

當然也有可能有人仗著跟你交情好，而要你幫忙一些不合理、甚至不妥當的事情，必須要清楚，工作崗位上的責任才是你要堅持的。

如果你真的將你的同事視為摯友、家人，那麼在他們喪氣、失落時，別忘了給予協助與鼓勵；在他們要求你做出傷害公司的事情時，指引他們回到正確的路上。你是公司的一份子，如果你能讓你的同事成為公司的中流砥柱、不可或缺的人物時，你也就徹底發揮你的價值了。

記住，不論你在職場上是什麼樣的身分，就記住你在那個職位上，應該做的事情。你的名稱、你的職位、你的頭銜，都標註著你的責任與義務。如果你忘了它們，可能會有極大的損失。不是只有金錢或財物的損失才算損失，你的意志、你的人格，還有對事物的要求，都會蒙受恥辱。

當我們丟掉了責任、丟掉了善良與品德，那麼我們的意志將會不再完整，這樣只會害了你自己。

職場上的人際關係就像是一張大網，當你理解自己與他人之間的關係，並且每一次都盡心履行你的責任，你才有可能游刃有餘、過得自在。

02 寬待彼此，工作才會更圓滿

當你要求自己或是其他人要「完美」時，你就會感到痛苦，因為不管是你自身還是其他人都沒有所謂的一百分，所以，你要學會寬容！不管是對別人還是自己，都要試著放下。

當同事或下屬犯了錯，你不停的指責他，錯誤能夠改變嗎？既然無法改變，生氣也無濟於事，為什麼要讓他的錯誤來處罰自己呢？

一個人犯了錯，他就不是他，就因此失去了他的價值嗎？

平時做事認真、態度良好的員工，讓大客戶從手上溜走，你固然氣得跳腳，會因為這件事而抹殺他對公司的其它貢獻嗎？

在我們討論「人非聖賢，孰能無過」時，更重要的是，你怎麼看待對方？

就像你的腳，平常走在陸地上，一不小心，踩到了泥濘裡，變得髒兮兮的，你的腳還是你的腳，它還是有它走路、跑步的價值存在，你不會因為它變髒而捨棄、不要它。

如果用這樣的心態，去看待那些犯了錯誤的人，就可以感到釋懷，就算他人犯了一些無可避免的錯誤，仍無法抹滅他平時的努力。

當你發現這個人進到公司，對你總是不理不睬，甚至從早到晚都做不好事情，不要急於下定論，你要知道在他來上班前，發生了什麼事？

他可能是早上來公司前，出了小車禍，人雖然沒有大礙，卻驚魂未定；或是昨天家人住院，所以心情、情緒都無法受控制，在還沒搞清楚事情的來龍去脈之前，不要輕易下定論，那常常帶來錯誤的決定。

不要為其他人犯下的錯誤，而放棄了你的溫柔與善良，試著透過理性來引導，可以讓事情更圓滿。

這樣做並不是我們縱容他們所犯下的錯誤，或是認同了他們的觀點，既然犯了錯誤，公司自然會制裁約束，如果他是個有良心的人，他的良心也會自我鞭笞，你的憤怒不過是挑起雙方的不滿。

而且，依人性的一面，錯誤發生的時候，就算你於理力爭，他還是會選擇對自己有利的一面，立場仍然是對立的。

如果有人在他的崗位上不停的犯錯，生氣就有用嗎？不停犯錯的人，重點在於他們根本不知道問題所在。

對於一而再、再而三，犯下同樣錯誤的人，最好能夠試著先去溝通、了解他們，找出癥結點，這些人可能因為過去的經驗，或是舊有的觀念與現在不符，加上又沒有判斷力，以致於無法在新的職場分辨利害，才會犯下錯誤。

他們可能正在懊惱，為自己所犯下的錯誤而感到痛苦，在沒人指導的狀況下，不知道怎麼找到突破口而感到苦惱。

如果能夠平心靜氣去和他深談，了解事情的全盤始末，事情才會獲得改善。

記得，當其他人犯下錯誤，也不要立刻嘲笑他、揶揄他，因為他們可能正在飽受自己犯錯的折磨。

即便你覺得對方愚蠢，也不要生氣，用同理心來取代憤怒吧！並利用你的專業，還有過去的經驗來指導他吧！

既然錯誤已經發生，無力挽回，但我們可以做的，是掌控我們的意志，保持理性，用我們柔軟的一顆心去善待對方。

不同的決定、不同的面向，事情可以有更圓滿的選擇。

03 自主判斷，不輕易迎合他人

在你踏入職場之前，曾經懷抱怎樣的憧憬？是要在工作崗位上大展身手，實現自己的能耐？還是定下偉大的目標，邁步向前？

而在職場當中，浮浮沉沉這許多年，面對許多人事物，現實就像穿著吸飽了水的鞋子，我們不停地往前走，卻感到吃力，漸漸地，我們失去了力氣，身體與心靈都感到疲憊，大腦甚至失去了思考，於是在跟人交際時，也把腦袋也繳了出去。

那些人可能是你的上司，可能是你的客戶，為了讓自己更舒適，所以在跟他們交流時，不自覺的，也融入了他們，忘了保持清明。

即使那些行為你並不一定同意，那些說出的話，也不是自己的肺腑之言，最後，還是這麼做了。

好比新進的員工就得配合尾牙的時候跳舞，或是表演才藝，要不然就是不合群，你問那些人為什麼要這麼做？他們可能也只是跟你說，以前就是這樣，他們也是這麼過來的。那麼一個專業的設計師或是工程師，就得將珍貴的時間，花在他們不願投入的活動中。而那些珍貴的時間，他們可以為公司謀取更高的獲利。

於是同歡這個美意成了陋習，在這種場合，舊有的員工反而展露老大的氣息，說穿了就是給新人一個下馬威。

你如果對這種模式或價值觀感到懷疑，就用大腦去思考吧！如果你問那些照做的人，他們恐怕也說不出所以然。

而那些受到舊有習慣及行為模式影響的人，多不願承認自己隨波逐流，只會感嘆人在江湖，身不由己，表示會做出這些舉動，或是吐出違心之論，都不是自己所願，認為這些都是大環境所逼的。

老是想著達到他人的要求，卻忘了自己的意志，最後痛苦的會是你自己。

對於舊有模式灌輸給我們的信條，要理智、客觀地思考，畢竟，它們不一定可靠，也不一定無用，我們要從中找出它存在的價值，而不是陷入舊有的窠臼。

以前的人為什麼要這麼做，究竟有什麼用意？延續之前的習慣，對於整體到底有什麼好處？

我們可以從這些行為模式，或是觀點，來檢視它是否對公司成長，或是營收有關？要學會區分、評估，不要道聽塗說，在聽別人說之前，還要看看他們是怎麼執行？思想也要清晰，不要連思考的空間都沒有。

對於自己的信念，哪些是應該樹立的，哪些是應該摒棄的，也要加以驗證。對於新的觀點，更需要去思考，要相信自己，要不斷地關注自己的信念和衝動，跟舊有的陋習戰鬥，固然辛苦，一旦戰勝，就是全新的局面。

即便被說不合群、難搞，你也要堅持自己的原則，一旦決定，就要堅定。對於他人的誤解還有譴責，也無須畏懼，因為你已經利用你的智慧判斷過了。

告訴自己，這是根據你的深思熟慮，做出判斷後才有的行動，要學會堅持自己的立場和觀點，該拒絕的時候就拒絕。

不要因為不好意思或是怕事，而不敢表達意見，那只會讓你在工作時越來越痛苦。

不論環境如何變化，對於你所能做到的事情就全力以赴，那些不能控制的事情，就讓它順其自然。至於那些試圖取悅他人，聽從他人的話走，總是容易被誤導，所以，不要試圖輕易迎合他人，不要迷失我們的人生目標。

自主思考，是上天送給我們最好的禮物，讓我們在職場上能夠判斷是非，並且舒心的工作。如果經過深思熟慮，知道這麼做是對的，那就不要再遲疑了。

04 撕掉身上的便利貼

面對成千上萬的工作內容，我們每日都有許多問題必須處理，其中不乏與專業無關的事務。就如同有些公司有不成文的規定，新進員工要負責跑腿，或是祕書要幫忙處理老闆的私事。即便這些事情，跟他們的專業一點關係都沒有，但卻成了他們職場工作的一部分。

即使一般都明白，這類細瑣的事情不應該屬於那些專業人員，但長期的職場文化及氛圍趨使下，這類的事情再自然不過了。

秘書幫老闆安排接見客戶、會議時間，這些無庸置疑，有時候甚至幫老闆的小孩聯繫學校老師，或是處理他在外面的風流韻事。

不管有多忙，新進的人員除了手上的工作進度要趕，還得訂整個部門的下午茶，甚至在忙碌的時候還得去拿回來。

當職場的其他人員指揮新進的員工，高層主管要求下屬做跟公事無關的事情，會認為這些是必然的過程，因為他們以前也是如此。這些看似合理，其實又不合理的工作，只是因為大家都是這麼過來的，就產生了這種行為是合理的假象，不合理也成合理了。

如果你認為這些不合理的事情是合理的，那麼，整件事也就合理化了。

當你從事不合理的事情，並認為那是合理的，人們也就將你和這些事情劃上等號，下次再有類似的事情，還是會找你。

你的價值，也反應了在你所做的事上。如果你老是當個便利貼男孩或女孩，那麼，同事不找你，還要找誰呢？

因此，如何定位自己，就在於你能不能對抗整個氛圍或是陋習，把自己的價值彰顯出來，並且堅持下去。

試著去思考你即將從事，或手頭上正在進行的事情，就顯得重要了。那跟薪水多寡、人情攻勢沒有關係，而是你自己給自己定在什麼樣的位置？

事情為什麼總是找你，而不是找他？公事都做不完了，還要處理那些雜事？老是奇怪為什麼自己總是被使喚做那些不想碰，或是跟自己專業度無關的事情？有一半的原因，其實在你身上。

因為你沒有拒絕，人們也就以為你理所當然的接受了。

如果你覺得很不舒服，試著去觀察那些讓你覺得痛苦的事情，並且去找出讓你覺得委屈的地方，你就會發現，你所正在做的事，沒有道理可言。

畢竟，當你通過面試打敗其他人，進入公司得到這個職位時，公司看重的是你的能力，或是你過去的經驗能夠為現在的他們解決問題，而不是那些與公事無關的事，要不然，就不會在這個位置上錄取你了。

如果這些不合理的事情已經被視為合理，又想打破的話，是需要勇氣的。

的確，在面對整間公司長期的文化及氛圍趨使下，想要與之對抗，是要一段時間的。而勇氣一直都在，是看你要不要顯露出來。

它被藏在不好意思、妥協、心軟後面，以致於人們沒發現它的存在。只要將那些不必要的情緒推到一旁，就可以看到它。透過訓練，勇氣會發揮它的能量，協助你對抗那些不合理的事情。而當你擁有它，就已經足以讓旁人退怯。

了解自己在公司的定位後，深思自己的本質，堅守你的工作崗位，徹底發揮你的價值，那才是公司錄取你的目的。

比較危險的，是你也跟著他人的目光來看你自己。當你透過其他人來決定你的價值，以為自己只能從事這些事情。一旦你接受之後，你也將自己定位成這樣的人，而忽略了你的本質。

當你把身上的便利貼撕下來，重新將自己該做的正事列上去，便會看見自身的價值遠比你想得還要高。

05 面對不可避免的雜事

在職場上，難免會有些跟你有關、無關的工作事項落在身上，且無法控制它們的來臨，那麼找出自己該做的事務，就成了職責所在。我們能夠做的，將責無旁貸、全力以赴，而那些控制不了的，也不用全都加諸於自己，讓自己感到痛苦。

因為，你已經做好自己該做的了。

像一個企劃或活動的執行，是由團隊或部門花上兩、三個月，甚至熬夜通宵才合作完成的結果。

在這個過程中，每個人都做著自己該做的事，堅守自己的本分，把技能或才能全部淋漓盡致的發揮出來！往往客戶的偏好或是意外，你所努力的一切就被打回原點，有機會還能夠重頭開始，失去了機會，那些耗費的心血、時間成本，全都有去無回。

諸如此類的狀況一定常發生，你所盡力，而且努力不懈，寄予厚望所完成的作品，最後卻無法達到預期的結果。

但是，你會因此而鬆懈嗎？

面對那些我們無法預測的結果，我們應小心翼翼、保持謹慎，在每一個步驟，將它一步步的堆砌、完成。

在你可控制跟不可控制的事物當中，你要學會去辨別、透視你所能掌控的部分，然後從其中找出適合你的關鍵。

不過，客戶的反應或是市場的動向，這些如同無常，就算你再怎麼小心，排除可能變化的因素，事情還是朝著你所設想不到一面而去。因此，我們需要放過自己。

這並不是說你在準備的階段，就可以放鬆，而是當我們費盡心思籌備企劃，週末就要執行盛大的活動，卻因為颱風侵襲，無法達到要求要的結果，我們為此感到傷心還有挫敗。那麼，請放過自己吧！

在我們執行時，所從事的每個步驟都小心翼翼，而那些我們所無法掌控的部分造成的結果，就放過它吧！

不要因為資源匱乏了，或是條件太差，就什麼也不做。我們要在有限當中，盡可能的發揮能力，就像在玩牌的時候，不可能每次都分到好牌，如何從爛牌當中，打出一番局面，這關乎到我們的意志。

走向的「好」與「壞」，向來不是我們能控制的，但我們怎麼利用現有的局面，則是我們可以掌握的。

如同被調到邊疆部門時，既然無法改變外在環境，但我們的意志卻可以，當我們覺得事情對我們有利，意志將帶領你前進。

而那些外在環境，就不用理會了嗎？既然已經來臨了，就面對它、並對它保持寬容吧！不要因為條件的惡劣，或結果不如預期就開始怨天尤人。

該做的，能做的，就盡力完成吧！其餘做不了的事情，就交給那些有能力的人。

如同你只是一個普通的員工，盡你的所能做完企劃，剩下就交給公關或業務，去跟客戶協調吧！不能因為聽說這個客戶很難搞，在設計的過程中就沒了定見。

如果你是一個司機，好好的開車，讓乘客覺得平穩而舒適，至於路上的坑坑洞洞，則不是你所能控制的。

那些和我們無關，無法掌控的事物，不管是擦身而過，還是直接落到身上，既然都已經來臨了，就在這其中，找出自己該做的事。

你可以重新將企劃拿回來，看裡面哪一部分可以調整？或是當你開車在坑坑疤疤的路面上，也可以與乘客笑談，維持好心情。

事情的發生無所謂好或壞，重要的是我們要如何運用，還有保持樂觀積極。

至於你站在什麼樣的位置，有什麼樣的責任，就在你所屬的工作崗位上，將自己的技能發揮到最大極致吧！

06 你跟同事是什麼關係？

人與人之間有千絲萬縷的關係，父母和子女因為生養而為親子關係；兄弟姊妹間因為父母而成為手足關係；而一個人出了社會，面對這個廣大的世界，成千上萬的人，又怎麼和他所見面、接觸的人產生關係？

你跟同事之間，又是什麼關係？

你和同部門的員工交誼深厚，是因為你覺得在你有事請假時，他可以當你的職務代理人？還是你純粹的待他好？

你跟一個人的友情不錯，究竟是因為他真正了解你這個人，還是看上了你所擁有的人脈跟資源？

有時，我們會懷疑人與人之間，到底有沒有純然的友誼，還是只是利用價值？不要太快對你所看到的表面下定論，不管那是正面還是反面的現象，也不要因為提到「利用」一詞而感到生氣。

試想，不管是任何人，不可能單打獨鬥，好比業務員吧！在他們之間，有個無形的網將他們串連起來，因為場合上的接觸，而使他們熱絡起來，形成龐大的力量；如創業聚會裡雖然講的是商業利益，但如果操作的好，伙伴也可能成為朋友。

你和對方的交往，可能建立在你有利用價值，但對方是誠心誠意的在「利用」你，而非過河拆橋，這時候就是友誼。

這樣的友誼，是從「自我」為中心點，透過這個中心點所發射，所討論的事物，跟他所認為的價值是在一起的。

當這個「自我」重視忠誠、正直、誠實等美德，即便你們談著利益關係，你也會很放心的跟他合作，因為這個人所展露出來的就是忠誠、正真、誠實。如果這個「我」對於德行不夠重視的話，那麼，一個忠誠、正直、誠實的人，就不會存在了。

所以，你如果跟一個人交往時，要注意他將「自我」放在什麼地方？

不管這個人因為想要獲得美好的名聲，所以這麼做，還是他的「自我」自我滿足於正直誠實所帶給他的驕傲，他所顯現出來的，就是正直誠實。

想要檢視你們的友情，就看他將「我」放到什麼樣的位置？真誠、良善，還是虛偽、矯情？

當明白這個「自我」投射在不同行為上，我們就不會患得患失，認為世界上沒有真正的友誼。即便這段關係如果消逝，也不用太大驚小怪，任何人都有可能因為其它對他更有利的事物而改變。

也就是所謂美好的德行，是一個人心中很強烈的意念，當他將這個意念，放在正向而積極的一面上，就是「好」人。如果這個人的意念非常強烈，卻放在奸詐、狡滑，跟他交往時就要多加考慮了。

如伊比鳩魯所言，如果把所謂的美德跟「自我」分開的話，就會發現那些所謂的美好事物，其實並不存在。它們之所以被人讚揚、稱頌，也只是因為這些所謂的美好德行對人類有益。

當一個人心情不佳，不是希望找個朋友，好好吐個苦水嗎？而這樣的行為，不正是你的「自我」嗎？當朋友心情不佳，你又願意聽他訴說生活中的不開心的事情嗎？這樣可以稱之為「利用」，也可以稱之為「互相」。

因此，想要知道你與他之間的友誼，就看對方是把他的「自我」擺在什麼地方？如果你不在忠誠正直中尋找友誼，那你又要在哪裡找呢？

07 你能一個人工作嗎？

一個人的時候，要有熬得住一個人的本事。

一個人可以孤單，但無法孤獨。孤單是其他人的眼睛看到你，他們內心的感受；而你自己覺得沒有援助時，才是孤獨。

做事的時候，最怕的就是單打獨鬥，不管你身邊有多少人，如果沒有人協助的話，總覺得孤立無援。

這時候，同事適時的一杯咖啡，或是一塊餅乾，讓你覺得心頭溫暖，你會覺得又有精神了。即便他後來離開公司，辦公室只剩下你一個人，你會覺得，又有動力可以繼續加班了。

就算這件事都交給你，其他人跑去其它部門支援，你也不會覺得孤立，孤單可以給你一片空間，讓你理智而清晰的思考，沒有其它雜務的煩擾，反而可以讓你更專心。

一個人的你並不可憐，也並不悲哀，那些充足的時間和空間可以讓你辦起事情來更有效率。

一個人可以孤單，卻無法孤獨。

真正的孤獨來自於心靈上的無助，當你覺得單打獨鬥、孤立無援，做任何事情找不到後盾，是因為沒有人跟你站在同一陣線，此刻，你會覺得你被遺棄在世界之外，一個人被迫獨撐大局，到最後，孤獨會消滅勇氣。

可以說，孤獨的人就是無助的人。

孤獨的人在面對事物時，會感到壓迫，那些壓迫會覺得自己是脆弱的，他們需要有人協助他逃離這份無助感。

這類的人即使讓他們出席重要的場合，或是擔任重職，他們的嘴上雖然應允、接受了，心裡卻因為無助而感到痛苦。

我們可以自己尋找脫離孤獨的方式，自己就是自己強而有力的支援，不會因為孤單而心煩意亂。

在我們的工作場合，即便還輪不到我們發言，或是其他支援還沒到來時，不妨從你手中的事物找出樂趣。

好好觀察四周，看是不是有什麼事情需要先做的？透過工作帶來的成就感，不論它是大是小，都讓一個人充滿樂趣。利用那些跟你有關或是無關的事物，思考一下如何讓自己擺脫痛苦？

如果工作當中，有事物需要改善，那就去改善它吧！還沒有做的，就先去做吧！利用理性將它達到完美的狀態。許多創意、靈感是在一個人的時候湧現，像是創作或設計，而事情在收尾的時候，也需要一點個人的空間。

在一個人的時候，懂得從工作裡找出讓自己快樂的價值，這時候的你，擁有大量而且不受干擾的時間和空間，可以進行自我交談。

當其他人回神，有空來看時，會讚嘆你一個人的成就。

即便你覺得你被公司放逐，沒有其它支援，在沒有人打擾你的時候，盡力將你手上的事情好好的做完，或是趁這機會進修，去做一些以前大家在一起，個人沒辦法做的事，最終「一個人」會成為你最強大的力量。

團體作戰固然讓人幹勁滿滿，但一個人的時候，也可以利用、享受一個人的時光。

當你明白這些，心境就會開始感到平和，那些因為孤獨而伴隨的不安，在反思的同時也會逐漸消失，你將有力量去面對另外一個挑戰。

08 看清楚你的目標

當我們明白自己真正追求的是什麼，就不會被它所展現出來的其它價值而樂昏了頭，或是感到庸俗。

在你透過不斷努力，終於可以上台領獎，拿到人人稱羨的百萬年薪，還獲得了獎盃及掌聲，仔細思索，你是為了這些名聲和利益而不斷爭取，還是在努力當中，心底那份榮譽以及滿足感，或是那件事本來就是你想做的事情？

你之所以會答應海外派駐，或是同意公司加諸於你的高等職位，是因為它能將你的價值發揮到最大，卻被名聲和財富包裹住。

對你來說，哪個更加重要的呢？

那些因為你的才能而擁有的頭銜、富貴，是透過你的努力、你的認真，你在職位上的表現，還有為公司爭取到無數客戶，進而讓公司賞識，而給予你相等的回饋。

當其他人認為你是為了錢或名聲才這麼做，也不用動怒，因為在這個過程中，你突顯你的價值，你的位置只有你能駕馭，其他人自然無話可說。

就像一部分的人在大談學歷無用的同時，也別忘了，學歷是老闆認識你的第一印象，他會跟據學歷來判斷你在求學時是不是夠認真？至於這份學歷能否等同你的實力，真正工作的時候就知道了。

但當你為了這份學歷、這張文憑所付出的努力，是你犧牲出去玩樂的時光，放棄交男女朋友，還有睡眠的時間，你因為榮耀所付出的努力，不會成為笑柄。

沒有爭取過的人，就不能說財富與頭銜如浮雲，特別是當你明白那是透過你腳踏實地、努力而得來的，它就不算是庸俗。

的確，名聲和頭銜令人迷惑，一聲董事長或是總經理，聽起來讓你覺得舒適，但你為什麼選擇保險這條路，而不是餐飲業？因為在你的心中，能夠幫助人是這份工作的價值，至於餐飲，就讓對餐飲更有興趣的人去吧！

只要你名副其實，將你處在的那個位置上的價值發揮出來，不要讓你的頭銜成為名不副實，只因為那些虛榮而沾沾自喜。

在你所選擇的這條路上，你所致力的任何事，會逐漸突顯出你是什麼樣的人？對一個人來說，什麼才是最重要的呢？是稱謂、頭銜，或是伴隨著財富而來的驕傲？如果為了追逐這個頭銜，我們被恐慌與不安籠罩，覺得他人不喊一聲總經理不舒服，甚至感到恐懼和焦慮，你是不是該靜下心來，思索一下自己究竟想要的是什麼？你要的，究竟是你透過你的選擇、你的努力而帶來的財富和名聲，還是純粹為了金錢與虛榮，而選擇了這條路？

如果我們在我們堅持的道路獲得成功，我們大聲的說，這一切都是因為我的努力而達到的。如果我們所追逐的，最後成為一場空的話，還會說出這種話嗎？

對於那些毫無把握，同時讓我們感到焦躁的目標，像是地位，還有薪資的高低，我們要有判斷，不被它迷惑的能力。

在追逐所謂的「目標」時，最好能夠判斷這些是不是你要的？而在通往目標的道路上，依靠你的理智和努力，在終點他人所賜予的金牌，也就恰如其分了。就像田徑比賽時，人們會給第一名送上鮮花和飛吻，因為那源自於他的努力。那你為了你的工作，而加官晉級，或是拿到豐碩的年終獎金，也不過是理所當然。

不要因為外在的表象而自滿，也不要因為你應有的榮耀而太過謙虛，你所擁有的是源自你不斷的努力，以及與明智的判斷。

對未來的挑戰，請運用理智好好斟酌吧！那會讓你在通往成就的道路上，越走越寬。

CHAPTER

3

上班族的生存之道！

01 確保你的工作效益
02 掌握你的人格特質
03 人際關係的雙向性
04 為什麼你會感到焦慮？
05 每個人都可以從失敗中站起來
06 得體地展示你的能力
07 別讓情緒佔據了工作時間

01 確保你的工作效益

上班想要過得自由自在，就得保持工作的效益，在時間之內，將你的工作事項盡力完成，你的精神和時間才不會白白浪費，而且擁有更多的私人空間。你會更加清楚職務的劃分，而不至於做了過多不屬於你的事情。

如此，我們就不會受制於跟工作無關的事務，也不會將精力和時間花到一些不相干，而且讓你心煩的事務上。

在職場上，原本就是互相協助，但又必須獨自完成，公司才能運行下去。一個巨大的企劃或活動，是靠所有的人一同進行。

你可以去幫助其他人，但屬於自己的份內工作，一定要先完成，確實明白自己的職責，了解自己該做什麼，就能知道原本該進行的範圍，如此一來，你就不會去做不願做的事情，也就不會因為那些原本與你無關的工作，最後落到你的手上，不僅壓縮你的時間，還會讓你的情緒懊喪，甚至最後還得為這些事情擔上莫名的責任。

忽視那些不值得我們投入精力、不屬於我們的事，去完成你所需要做的事吧！

身為公關，就做好公關的工作，內勤就做好內勤的工作，總機就做好總機的事情，不要搶了他人的工作，怠忽了自己的工作。

不論站在什麼位置，對於自己的主要職責要全神貫注、聚精會神，全力以赴。你可以去了解目前與我們工作無關的事務，在未來或許你還得從旁協助，你也能多學到一些事物，但不要把責任攬到自己身上。

不要讓「能者多勞」成為了那些偷懶的人的藉口，將他們該盡的責任都推到了會做事，而且願意做的人身上。

除了不讓他人干擾我們，我們也不能因為沉溺於消遣、娛樂，而置正事於不顧，這就顛倒重點了。

雖然這是我們的工作信條，但是，要做到卻很不容易，因為有些時候，還是逼得我們不得不放棄，比如：同事要回去接小孩，他所沒做完的事情，是落在你頭上？還是待他回來再進行？若是拒絕的話，顯得不夠人情；若是答應的話，又恐形成常態。所以，對於自己和他人的職責，就要懂得去劃分。我們不得不主動，來確保自己的權益。

答應承接那些跟你工作無關的事情時，你必須非常清楚知道自己要什麼？像是你展現出互助合作，會讓你獲得快樂，那就答應吧！不過，別忘了自己能不能負荷？如果不經思考而草率答應，只當老好人，長久下來只會讓你陷入痛苦。

再者，他人的事情做久了，他人的工作就變成你的工作，他的責任就變成你的，如果你沒有做到，還會被不明事理的人責怪呢！

想要專心致志，就要靠堅定的意志，你在職場上扮演什麼角色，就好好扮演，不要輕易介入其他人的角色，讓你的時間和體力都無法負荷。

即便會被其他人認為我們不知變通、不近人情，也不用自責。因為我們上班，原本就是要放在我們原本關注的事上，如果你把自己的事情完成，你並沒有愧對任何人，他人也無從置喙。

清楚知道自己的目地，並為了它去努力，我們的成就才有可能更加牢固。如果總是不假思索行事，或是關心一些自己無法控制的事，那麼將一無所成。

記住，三心二意是成就不了什麼事的！

02 掌握你的人格特質

我們每個人都擁有不同的人格特質，

如果可以好好善用我們的特質、發揮我們的力量，去展現我們的價值，將它發揮出來，從事你所能勝任的工作，這都是我們可以控制的部分。

擁有溫柔、善於照顧人的特質，可以去當護士，但如果怕見血，那麼去做幼稚園老師也未嘗不可。喜歡講話的話，可以去當講師或是導遊。順著我們的本質走，找出適合自己的工作。

當你追求一件事物，是你投入精力就能達到，為何不去執行呢？展現我們的特質，也是你之所以為你，是上天安插你在這個世界的原因，你所選擇並且執行的位置，也只有你能夠勝任。

如果你要求的是你無法控制的事物，並且違反本性，明明夢想是當空姐，最後卻去當護士，你會感到沮喪、無力，意志也會崩潰。這並不是說護士不夠好，而是你的心遺落在那片天空。

如果你的口齒伶俐，喜歡與人接觸，卻每天站在生產機台前，面對重覆性高的工作，剛開始或許還沉得住氣，漸漸的，只會感到疲憊。

如果你天生就愛走動、喜愛變化，卻在辦公室裡，只能面對一方空間，不是電腦就是茶水間，就算這個工作再高薪，你也感到乏味。

有人個性內向，重複的事讓他感到穩定，可以一做就做到退休；有人寧願保持現狀，因為他們負荷不了異動帶來的變化。

當你所做的事讓你感到疲憊，有種不知道自己在做什麼？找不到工作的意義，感到茫茫然的時候，你已經對你自己存在的價值感到懷疑了。

同樣一份工作，為什麼其他人做起來如魚得水、得心應手，而另外一個人卻手忙腳亂？為什麼他每天上班時都精神奕奕，而另外一個人卻意興闌珊，上班比下班還累？

這時候，靜下心來，找個時間與自己對話，並靠理智來分析，哪些是我們能控制，哪些又不能做到的事情，思考自己所做的選擇。

如果現況讓你感到像拖了鉛球的雙腳，那就暫時停下來吧！現在你所追求的，是你自己想要的嗎？還是一時衝動而下的決定？之所以疲累，是暫時性，還是長久累積起來的疲憊一次爆發出來？

讓腦筋有時間思考，並張開耳朵，聆聽內心的聲音。

在傾聽的時候，我們好好思考，哪些是我們可以控制的？像是在這個工作崗位上，想要有什麼表現？或是為了未來，有什麼期許？為了這個目地，我們可以做什麼樣的努力，或是犧牲？

至於控制不了的，像是我們的家世背景，或是我們的容貌，是我們無法選擇的，那就讓我們集中精力，並且盡量去做我們所能做的事情，因為這是我們力所能及，就算這個行業充滿了挑戰，也因為你對工作的熱情而不引以為苦，所以，當你走在這條路上，你將不再長吁短嘆，不再抱怨。

讓你的願望符合你的本性，順著你的本性，願望會實際得多。只要了解到這一點，你才會過得自由。

03 人際關係的雙向性

人與人之間的交往，影響是無形的。志同道合也好，臭味相投也罷，因為有著同樣的想法而在一起，不知不覺，也接受了對方的理念、價值觀，甚至成為自己的。不論是出自善心還是惡意，都要用我們的理智去判斷。

一個時常從辦公室帶幾卷衛生紙回家，出差回來，卻記得替你帶上一份伴手禮的同事，你很難指責他那些貪小便宜的行為，更危險的是，在不知不覺中，你也覺得拿枝筆回家並沒有什麼不妥。

隔壁的同事時常用公司的電話跟人聊天，而且一聊就是半小時，在你不小心犯錯時，幫你一起遮掩，不知不覺，你也不覺得他的行為有什麼了。

你所接觸的人可能缺乏素養，或是對事物的判斷標準與你不一，跟這類人在一起，不是引起對峙，就是變得跟他一樣。

如果我們與他人長期交流、接觸，最後，有可能被同化，不管是他被我們影響，還是我們被他影響。雙方的興趣、觀點、價值觀，還有思維習慣等等，都會越來越趨近，或是站在同一個天秤上。

為什麼我們會這麼輕易地被他人同化呢？那是因為我們的信念都不夠堅定，沒辦法讓他們認同我們的想法。

那些人覺得自己的所作所為並沒有什麼不妥，那是因為他們根深蒂固，執著的認為理當如此，他們的行為伴隨著牢不可破的觀念，好也罷、壞也罷，是堅硬而不可摧的，即使我們有理，在這堅定的意志面前，反而顯得懦弱了。

因為我們不夠堅定我們的觀念、立場，你會發現道德之外的人為什麼振振有詞？因為那是他們骨子裡的意志，與「自我」強烈的結合在一起，你的意志如果不夠堅硬，自然被他們同化。換而言之，我們缺乏能力來保護自己不受他人影響。

這跟年紀無關，跟意志有關，你的意志夠不夠堅強，最好是龐大到對方無法撼動，那才有可能去同化他。

即使你明明知道那是錯的，如果沒有強硬的意志，就會同流合污，你會發現，一間大公司如果受賄的話，牽扯出來不只是一人。你會落到現在的地步，不一定是對方的錯，畢竟那是自己的選擇。

想要避免被同化的話，那就鞏固我們的觀念吧！你知道什麼是職場的道理，就不要被那些微小的利益收買。

你如果堅定立場，對方也拿你沒輒，想要做到這一點，你的「自我」要非常明確，你的觀點不能被輕易動搖，不能人云亦云，這樣你才不會被同化成你不想成為的那個人。

如果對方態度認真、做事嚴謹，而你剛好有拖拖拉拉、偷懶鬆散這種陋習，跟這種人在一起，只會越來越磨練你的品性，那被他同化沒有關係，但如果你被他同化，而犧牲了你的名聲，那只能歸究你不夠堅定立場。

同事間的確有交情，但交情跟真理擺在一起時，孰輕孰重，自己心中要有一把尺，那把尺在的話，遇到他人似是而非的論點，你就有所依靠，要不然，就會被對方拉走。就像辯論會上，立場如果不夠穩的話，是無法讓對方信服的。而在職場上，你自己的立足點也要清楚，否則人家會看不起你。

立場不穩的人，沒辦法去跟人家說嘴，對方說一說，論點就被帶走，像是牆頭草，根本無法去跟人家談判。

所以，在和同事交往的時候，要注意他的觀念、他的行為是不是正確，會不會污染我們的心靈？如果你沒有察覺，就很容易同化；如果你察覺了，卻不夠謹慎，或與他保持距離，人家也會將你們視為同一種人。

不要因為每天都看得到，就對他毫無保留的付出，你必須要了解這個人，才能決定要不要被他同化。

儘量選擇那些對我們有所助益，能夠在我們的身上發揮出最大價值的人，你會有很大的成長空間。

因為每天都要見面，更容易投入感情的同事，所以先明白他的素質、涵養與品性，還可以一起互相勉勵、打氣。

如果對方老是抱怨工作的不是，對工作抱以消極的態度，動不動就批評，你也要注意自己會不會被他拉下去，要不然，本來只有他在訴說公司的不是，到最後成為你的怨言。

跟同事交往，並不是要獲得多大的好處，是要彼此合作，順利讓事情完成，在挫折的時候，加以打氣。

人與人之間的交往，影響是雙向的，既然對方的行為思想會對我們產生影響，那麼，如果我們夠優秀，觀點又堅定的話，我們也能夠對他人產生影響。

04 為什麼你會感到焦慮？

人之所以會感到焦慮，是因為對自己不夠有自信，覺得自己沒有能耐，沒辦法表現出該有的水準，可以說人們對於未知的事情感到焦慮，當你對自己有充分的自信，焦慮自然也會遠離你。

一個人從事的如果是跟他熟悉的技術或才能無關的事情，才會感到焦慮，一名清潔工如果上了台，他可能會感到慌恐，他平常面對的是地板、灰塵、打掃工具等不會回應的事物，要怎麼清潔環境，他有把握可以做得很好。

而到台上之後，底下的觀眾看著他，他不確定自己能不能滿足觀眾的期待，甚至不確定觀眾會有什麼反應，因此感到焦慮。

而一名平常在台上習慣面對群眾的講師，他的談吐可以引導觀眾的情緒，妙語如珠能讓群眾發出驚嘆，或是哄堂大笑。但如果叫他清潔被油漆潑髒的牆壁，即使是對自己熟稔的事物充滿信心的講師，在面對一片被潑髒的牆壁，也可能束手無策。

可以發現，當人們對於自己有把握、熟悉，能夠控制的事物，信心滿滿，無論什麼時候開始進行，都不會有疑慮，但是，面對陌生的事物，反應就不一樣了，那些無法掌控，隨時會失控的狀況，讓人感到焦慮。

當一個人感到焦慮時，叫他不要焦慮，不太可能，因為他正處在不安的情緒，而這情緒是無法掌控的，所以，我們要用理智來化解。

不妨想想，之所以會感到焦慮，是因為我們想獲得什麼呢？

當你在跟客戶推銷產品時，如果自家公司產品相當優秀，你對它深具信心，在面對客戶的時候，可以滔滔不絕講著它的優點，即便客戶因為自己的原因而否決，你只是覺得可惜，而不是感到焦慮。

你所焦慮的，是得不到客戶對你的回饋、反應，而這一些是自己所無法控制的。你不明白客戶的背景，不了解他的消費模式，即便產品再好，也無法讓對方當下附和你。你所能做的，就是再去找下一位，同樣需要這項產品，同時也有直接購買力的人。

你所能控制的，就是公司的產品，你對它全盤了解，知道什麼樣的人需要這種產品，就像清潔用品的顧客屬性，都多家庭主婦，這是他們可以掌控的。

然而，你所控制不了的，是客戶的反應。斤斤計較的家庭主婦可能會因為它貴個幾十塊而退縮，當然也有注著效率、省時間的顧客群，你會面對什麼樣的顧客群，不碰到的話，是無法了解的。

所以，我們能做的，就是確定產品的品質，讓它在製作的過程，都保有同樣的水準，但是會遇到什麼樣的客戶，你無法控制。

保持對事物的掌控，是排除焦慮的方式，至於那些你所無法控制的，你所能做的，就是在它發生時，去面對它、解決它，讓一切不受控制的，盡量成為你所能控制。

你所負責的大型活動即將開始，卻為可能會有的變故而感到焦慮；你正往目標前進，卻為路上的堵塞而感到焦慮。擔心塞車的話，就提早一個小時出門吧！凡事提早做準備，讓一切都在你的控制範圍，焦慮自然也進不來。

如此，讓那些我們所不熟悉的，變成我們熟悉的吧！越了解、越能夠掌控，焦慮自然進不了我們的心。

藉由對事物的熟悉提升我們的自信心，將對事物不再膽怯。

任何一個看起來專業且自信滿滿的人，最初也是從零開始，最後才走到今天的地位，對一切深感信心，焦慮自然遠離。

05 每個人都可以從失敗中站起來

在你的人生當中，面對大大小小的事情，不管是求學、感情，包括求職，都充滿了無數的變數。在這期間，你朝著目標前進，勝利的綵帶不一定落到你的身上，你所把握的，最後可能給你狠狠一擊；毫無預期的，卻朝你而來。

回憶一下，哪些事情帶給你快樂、又帶給你痛苦呢？第一次求職就成功、第一次加薪、第一次被人恭維、第一次上台領獎……這些美好的回憶，裝滿了我們的生活，自然，也忘不了挫折。

第一次被上司責罵、第一次被廠商刁難、第一次被同事背叛……不可否認，那些失敗的事情企圖影響我們，為了擺脫向下的力量，必須滋長出向上的動力，而為了迎向目標的你，會選擇力圖振作。

就像魚鉤似的，你看它載浮載沉，振作的時候，分不清將它往下，還是往上拉的次數比較多？它靠你的努力，也靠你的運氣。

當你在為明天要見面的客戶，今天晚上還在公司通宵，你的努力被老闆看到了，第二天生意談成了，你獲得了比你想像更多的獎勵，是因為認真？還是幸運？可以知道的是，更多是因為你沒有放棄戰鬥。

向前，才有機會。

我們都只是平凡人，而身為平凡人的最大好處就是，不管是什麼時候失敗，又能夠重頭開始。今天面訪的客戶失敗了，沒關係，明天還有新的客戶呢！明天的客戶談不下來，還有後天呢！無數次的機會與挑戰，都是從失敗後開始的。這些是你在順風得意的時候，所感受不到的。我們可以在振作的時候，感受到希望，那份美好的感覺會有讓你往前的動力。

跟運動選手比起來，我們不必等到四年之後，才能重新站上奧運，我們倒下了，但是可以隨時站起來，成功也更早到來。

瞧！我們是多麼幸運？

那些失敗與挫折，背後都是另外一個機會，被長官責罵了，那又如何？下次做出成績給他看不就好了？被客戶刁難了，那又如何？那就更努力，做出連自己都想不到的更好表現。

在這個世界上，我們面對大大小小的挑戰，我們可能會受到打擊，我們可以選擇退縮，或是勇往直前。只要我們恢復元氣，重新裝滿熱情，又可以投入新的一場戰鬥之中。

我們知道我們是優秀的，我們打敗了眾多的對手，進到這間公司；我們擊敗了其他人，才能站到現在這個位置，你還會認為自己是個失敗者嗎？

一個優秀的運動員，不會因為重複的失敗，變成一開始興致勃勃，遇到失敗後就心灰意冷的人。

我們雖然不是運動員，但我們可以將運動員的特質，放到我們做的其它事情上。誰拒絕你，就向他請益，究竟是哪裡犯下錯誤，或是做得不夠好？虛心受教，向那些有經驗的前輩請教吧！不管遇到什麼事情，就是正面迎擊。

上天從來不會告訴你，你的成功是以什麼樣的方向而來？有人歸類為努力，有人認為是運氣，或許這是上天怕我們放棄機會，所以提醒你要往前看，唯有繼續往前走，你才能在石頭路上找到鑽石。

當然了，你也可以選擇放棄，如果你選擇站起來，一旦獲得了勝利，我們就會像從來不曾放棄過般，充滿了激情與自豪。所謂挫折，不過是一種歷練罷了！

06 得體地展示你的能力

一個人的談吐、行事都應該恰如其分、因時制宜，根據他所處的位置、所擔任的角色而有所不同。沒有搞清楚自身角色的人，在不適合的時機，說出不適合的話，只會讓人感到唐突。

你可能只是公司的一個小角色，在客戶來的時候，為他們泡上一杯茶，這時候的你在你的位置上，讓對方感到愉悅。天冷時，注意茶水的溫度；天氣熱的時候，可以加兩、三顆冰塊。

主持人在台上講話，一旁的工作人員，不會突然上前搶走麥克風，因為他知道，他的工作就是幕後人員，如果有狀況，也只會透過耳機，表達遇到的問題，其它的，就靠主持人靠臨場反應化解。

如同在你的職責之內，得體的展示自己的能力。即便你對接下來進行的事情十分熟悉，但有更適合的人開口。

有些人急欲展現自我，讓對方留下印象，就如同孔雀會在眾人面前展現出絢爛的羽毛，烏鴉也會。

前提是，你必須是孔雀，才有將羽毛撐起來的完美骨架。

在跟許多人接觸的機會中，你所說的話，代表了你背後所屬的企業。你是代表個人，還是代表公司，去跟對方談話，卻是兩回事。

在你頂著公司的頭銜，去跟對方談判、交易時，就應該站在公司的立場，而不是以私人的情緒，訴說著公司的不是。或是利用這次的機會，爭取著自己的利益，而忘了以什麼樣的身分出馬？

不在那個位置上，就不要考慮那個位置上的事，特別是當你以輔助的角色，與他人接觸時，卻搶了你所輔佐的人的話，是不恰當的。

老闆正在談生意，在他沒有允許的情況下，就大剌剌接手他接下來要講的話，只會讓對方分不清決策者究竟是誰，而無所依據。

也許你不服氣，覺得自己十分優秀，想要當那個主導者，這就像人們是來找醫生看病，而不是護士，人們需要的是醫生，而不是護士，如果人們需要護士，就會直接找上護士，在這之前，請你做好自己的本分。

想要更有力量，就必須要讓我們的行為或語言更有價值，即便你不是說什麼大道理，在當下，你的一言一行都適合當下的場合，也是適合對方的。

我們要怎麼做，才能讓自己的話更有力量、更有價值？那就在你原來的位置，坐好你那個位置應該做的事。你所應該做的是，明白你的職務，並在這個職務上盡責，讓人對你產生信賴。

一個人能夠有地位或權力，都是經過一定的積累，他必須要有面對無數挑戰的經驗，對於市場的動向有比常人更加敏銳的觀測能力。

不要把過多的注意力，放到不該關心的事情上，而忽略了對你有所價值的事情，如果他人還沒發現你之前，就韜光養晦吧！在他人沒有敞開他們的門，讓你進去，擅自去推開反而顯得冒失，而讓自己顯得失禮。

每個地位都有其地位代表的權力與職務，如同人們會往蘇格拉底的語言尋求智慧，如果人們想要知道天體或物理，就會貼近愛因斯坦，即便他們都是很聰明的人。

恰當的言語或適合的行為，就如那孔雀，展開時讓人感到愉悅，你必須成為孔雀，才能成為主角。

07 別讓情緒佔據了工作時間

當我們有所追求並投入了精力，就會希望能有所回報，與此同時我們就會被束縛，這些跟工作、職場無關的外物，如果佔用到工作時間的話，就會令人感到不安，甚至心煩意亂。

我們失去了平靜、失去了祥和，到最後連自己該做什麼都忘了，不僅工作效益變差，還會感到疲憊不堪。

就好比股票吧！即使你買的是積優股，然而，你時時刻刻關心今日的股價起伏，動不動就上網看它的表現，卻忘了自己今天應該做的事。不論今日的股價如何變化，都和在上班的你無關，那些是你沒辦法控制，甚至會影響你的工作表現，雖然目標都是一樣要賺錢，但擔憂自己無法掌控的事，無濟於事。

公司裡突然來了大人物，所有人都跑去會客室，一探究竟，而你正在處理一份急件，你是要放下手中的工作，前去一探究竟以滿足好奇心？還是把這份一個鐘頭後就要繳出去的企劃先做好呢？

那些與你無關的，你憂慮過多，只是讓自己感到焦慮罷了。焦慮不會主動前來，是你將它放到了心中。

沒有任何人可以阻止你平靜的接受變化，那完全取決於你的意志，當你面對外在的變化時，你可以決定究竟是要被暴風推著走，還是全心全意投入你的工作呢？

不管外界發生了什麼，特別是那些跟你無關的事情，他們只會干擾，拉你的後腿。人的工作時間都是一樣的，當你把一部分的時間挪去做私人的事務，就少了一部分的時間投入職務，等到發現迫在眉睫，又得犧牲自己的私人時間將它完成。

好好做你該做的事吧！該工作的時候工作，該休息的時候休息，上班族所追求的自由，如此而已。

當我們全心全意投入眼前的工作時，堅守我們的崗位、善盡我們的職責，只要我們夠專注，就不會讓其它不必要的事動搖我們。

有些人抱怨事情老是做不完，動不動就加班，仔細分析，究竟是事情真的太多，還是工作時間內，他的心思都不在上面呢？一下子休息，一下子跑去跟隔壁部門的新人聊天，一下去喝咖啡，這麼一來，事情當然做不完。

所以，在抱怨事情都做不完，可以去審視一下我們對於工作夠不夠認真？有沒有在當下發揮我們最大的力量？

如果有，恭喜你，你已經掌握了自由，它操之在你，而不是你被它推著走，如果沒有的話，就要自我反省，究竟是什麼原因，導致我們抱怨連連？

我們想要的太多，所以才會感到痛苦，了解哪些是你該重視，率先要做的，哪些暫時不去進行也無妨，需要了解它的順序。

放下心中的愛憎、渴望，讓它歸於平靜、祥和，如此，我們的時間和精力都可以去應付該做的事。

誰規定工作的時候只能煩悶？你也可以為它找出樂趣。前提是，你必須要能夠掌控它，你對於工作的自由度，來自於你有沒有全心投入？

至於那些跟工作無關的，甚至會撩動你的情緒、心情的，就不要理會它了吧！把你的股市網站關起來，隔壁的新人再可愛也不關你的事，名人抵達你的公司，如果與你的工作無關的話，你去見他也沒有用，他一轉身就忘了你。

事先辨別跟工作有關、無關之事，專心致志，不要讓那些外物影響到你，你就是真正的勝利者。

08 如何避開你爭我奪？

當亞歷山大問第歐根尼需要什麼時，第歐根尼回答：「我希望你閃到一邊去，不要擋住我的陽光。」

處在充滿慾望和貪婪，紛紛擾擾的世界當中，我們不禁羨慕起住在木桶裡的第歐根尼，對第歐根尼來說，相較於亞歷山大所能夠給予的權力和財富，都沒有一片溫暖的陽光來得珍貴重要。

我們沒必要像第歐根尼簡樸到只穿著一件斗篷，或是住在木桶裡，但是，我們可以將更多的心思，放在我們該做的事情上。

人們工作是為了什麼？說穿了，就是為了錢，你必須要有錢，才能餵飽你自己或整個家庭，包括實現夢想。只是這金額的多寡，就見仁見智了。

有人認為要穿豪華大衣，開百萬名車，那才叫生活，有人即使騎著摩托車，或是搭捷運也不以為意。

有趣的是，那些有資格穿著華衣、開百萬名車的人，不一定會這麼做，他們仍然過著普通的生活。

對這些人來說，開車也好、搭車也罷，都是一個交通工具罷了。不管是高檔餐廳或是路邊小吃，對他們來說，營養又吃得飽，那就足夠了。不論到什麼樣的地方，他們總是如此坦然。

這些人的心境平和，好像不在意其它的事情，象徵地位的高級牛皮椅，或是氣派的辦公室，他們或許擁有，但並不將他們放在心上。給他一把木頭的椅子，或是只有兩坪大的辦公空間，也不妨礙工作。

既然不將這些物質放在心上，那又何必彰顯？對奉行犬儒主義的人來說，他們不過是擁有，既然已經擁有，但也不會因為旁人的私語而拋棄，也不會因為它們被破壞而哭泣。物質的好壞，會注意的只有旁人，對他們來說，是不在意的。

在企業當中，不論他們擔任的是什麼樣的角色，或正處在什麼地位，別人的阿諛也好、奉承也罷，或是批評、奚落，他們都笑笑不當一回事。

他們毫無感覺嗎？其實並不盡然，因為他們知道自己該做的是什麼？盡力去做好每件交待手上的事，去拜訪名單上的每位客戶，去跟客戶忠實而懇切的談著未來合作的計劃，就不會為了下個月的業績排名，而讓心境受到影響。

跟那些相較起來，做好客戶拜訪，明白客戶的需求，好好的完成合作計畫，這才是重點所在。

他們不會花心思去爭權奪利，即使他處在那個環境，也不會花心思去想什麼對他最為有利？

他們有權利可以獲得名氣及物質，或是因為匱乏而去爭取，卻寧願將重點著重在做好每一件手頭上的事。那可能只是一份企劃，或是工作上的交接，不會因為薪水沒有其他人高就不做了。

工作，就像他們的生活，既然是生活的一部分，用自己的步調去完成，不讓自己的呼吸紊亂，不管有沒有浮華的物質，卻什麼也不缺乏。

不去追求那些足以吸引他人目光的表象，也不會因為這些而被弄得心煩意亂，但不代表他們是匱乏的。

他們所擁有的，來自對工作的自我滿足，當事情完成時，那從內心油然而生的滿足感，讓他們如同帝王，為自己的成就而驕傲。這種人有勇氣接受命運中的一切，成功也好，失敗也罷，對他們來說，這都是一種體驗，一種過程。

09 不要生他人的氣

當你贊同某件事物，你就會覺得事情理所當然應該就是這樣；如果你不贊同，那麼就會認為那件事物就不應該是那樣。也就是說，你的思想和行為，都來自於感受的牽制，而不是理智。

既然對一個人或一件事的標準，來自於你的感受，就要明白感受會蒙蔽我們看待事物的出發點。那又為什麼要為了其它事情而生氣？

對方讓你生氣，究竟是因為他在公事上所犯下的錯，還是你看不慣這個人，因而他的所作所為，你都不甚滿意？

剛進來的新人，你已經告訴他兩、三遍該怎麼做，他還是犯錯，豈不令人動怒？

但我們回想，我們現在之所以能夠如此熟練，也是累積三年、五年的經驗而來，又怎麼要求一個剛進來的新人，在兩、三天就搞懂並上手呢？

當然對方既然來到公司，就必須要盡快適應，但如果連點空間都無法提供，也是強人所難。

我們在生氣的時候，有沒有想過真正的原因，他做得不夠好、他做事的動作太慢了？這個「好」是你的標準，還是一般的標準？他的動作太慢，是跟你比起來，還是他的動作真的很慢？

當我們因為他人的行為及做事準則，達不到我們的標準而感到生氣，我們就是在為自己所沒有做的事情而傷害自己。

我們因為其他人的行為，而讓我們發怒，我們的心因而受到痛苦，光是生氣這一點，就足以讓我們血壓升高，進而危害健康。在我們口口聲聲嚷著那些混帳時，那些混帳在不知不覺間，偷走了我們的東西。

是的，你沒有聽錯，他們偷走了我們的寧靜、祥和，偷走了我們美好且平和的心境，甚至偷走了我們的理智。

在你暴跳如雷，對下屬足足訓了一個多鐘頭，這一個多鐘頭，對你而言有多珍貴？你可以打上五、六通電話，交待好明天要做的事，跟客戶拜訪，而這一切，都在他人的錯誤當中泡湯了。

他們所犯的錯誤，是你所在意，而不是他所在意的，既然他都不在意了，你再因為他的不在意而動怒，就顯得愚蠢了。

每個人的作事準則和行事風格，必然不相同，當他們與我們在不同的標準上，有了出入時，我們可以想想，我們在他人的眼底，是不是也是愚蠢的？

如果我們因為他人的話而生氣，就中他人的計謀了。我們不願將人們想成這麼卑劣，但是因為他人而動怒，吃虧的反而是自己。

對外的時候，更應要沉得住氣，須知，有些人正在等你動怒呢！一個人生氣的時候，最容易失去理智，也很容易曝露出缺點，如果對方逮到你這個弱點，你有可能反被對方利用。兵不厭詐，如果「詐」的是你，表示你能夠操控全盤大局；如果是「被詐」的那一方，可就得不償失了。

我們只明白與人交往要謹慎，除了行為、言語，更要注意我們的情緒不能夠被對方所操控，如果你們是對手，生氣的話，正中他的下懷。他奪走了你的風度、理智，更甚者，好不容易快要談成的案子，可能就溜走了。

為什麼不對自己再多一點信心呢？為什麼要輕易被對方撩撥情緒呢？這時候，你已經成了對方的棋子了。

不管是不是對手，因為他人而動怒，自己也會蒙受損失，不論是有形，還是無形的。他人如果犯了錯誤，他也會因為自己所犯的錯誤而感到懊惱，你的生氣就顯得多餘了；而你因為他人特意為之而生氣，毀了利益，就顯得愚蠢了。

CHAPTER

4

面對工作上的要求，我該怎麼辦？

01 別讓「標準」傷害了自己
02 行動才是取得成就的關鍵
03 任何事物都可能幫助到你
04 振作！才有能力工作
05 不因他人尊敬你而自我膨脹
06 勇敢地面對困難
07 自信和謹慎並不矛盾
08 你以為理所當然，他人卻不這麼想
09 站在公司這座舞台

01 別讓「標準」傷害了自己

事情總有正反兩面，當我們面對事情時，折磨我們的往往是我們對事情的「感受」，而不是事情本身。你覺得傷心、難過，跟他覺得高興、開心，可能是同一件事，也就是，事情的本身並不會傷害或妨礙我們。

給我們帶來傷害的，往往是我們對事情的態度和反應。

就像資遣吧！有人認為那是對自己的不尊重，覺得對公司付出了這麼多年，竟然被如此對待？因而憤憤不平；有人則覺得正好可以休息一下，說不定這是尋找另外一片天空的大好機會。

心境不同，反應也不同，想法也不同。升遷不一定是好事，降職也不一定是壞事，要知道升遷越高、責任越大；反之，你擁有的個人空間和陪伴家人、實現夢想的時間也越多。

所謂好與壞，標準又在哪裡？

會讓我們搖擺不定，往往是我們對事情的慾望和恐懼。如果我們對任何事情都帶有強烈的個人色彩，像是認為那件生意能夠談成，都是我的功勞；或是失誤都是他人的緣故，為事情輕易的下註解，成功或失敗，均一言以蔽之，那麼，任何事情都有可能會影響到我們，而我們也會因為這些表象，而失去了信心和勇氣。

奔波了許久，好不容易快談成的案子，在最後一刻卻失敗了，是自己的能力不足？還是外力介入而失敗？事情的變化，動搖了你所擁有的責任及權力。

最後擁有不同成就的人，在於成功的人不會將他的恐懼投射到未來，因為他們知道那對自己毫無益處，這種人不會被動的接受所謂的命運，因為他們明白，毫無作為只會為自己帶來更大的風險。

因為客戶的閉門羹，就垂頭喪氣，對未來失去了信心，這些人只相信自己認為不好的事情，不管旁人怎麼勸都聽不進去，而且還盡量的誇大，像是覺得，事情變成這樣，一定會被老闆罵，升遷無望，加薪更是不可能了，世界是一片黑暗。

他們被自己的想法困住，時間都拿去應付悲傷，而不懂得修煉自己的意志，所謂的理性無濟於事，只會認為聽天由命。

一個人的想像力之所以失敗，是因為當他面對事情時，總是先想到最糟糕的後果，因而放棄可能的機會。

理智的人選擇另外一種作法，他們能夠透析一切，並積極地追求事物中美好的一面。他們會審視自己的缺失，並為未來做好充分的準備。

這不由讓我們思索，到底是什麼使我們害怕、焦慮，干擾了我們的判斷呢？

要知道，世間萬物本來就是存在的，升遷或降職，獎賞或懲罰，就像月圓與月缺，在會出現的時候就會出現，我們所能努力的，就會盡量去做我們能夠做到的，至於那些無法控制的，就算了吧！你永遠不會明白結果論跟你是否有直接的關連？

事物的發生，本來就不是為了討好我們而存在，公司的決策，自然有它的道理。要麼，就是去接受、面對，不然就是陷於自我痛苦。

看清事物原來的本質，就能避免給自己帶來痛苦。

就算你再迷戀那個職位，它也不會長久在你手中；你享受虛名帶來給你的榮耀，就要明白它也有黯然的時刻。金錢和地位自有它的面貌，有它自己存在或消失的時間。

真正會使我們恐懼和驚慌的，是我們思考的方式，還有對它們的詮釋。當自己的權力或地位動搖，或是受到威脅時，我們唯一能做的，是對事情的態度和看法。你是要平心靜氣地接受，還是心存怨恨？

不管是自己的地位受到威脅，還是他人對我們的看法，這些事情的走向都跟你無關，操控情緒的鑰匙，在你的手中。

當事情發生時，面對它、直視它吧！最重要的是要思考，讓自己從其中脫離出來，就可以免生痛苦和嫉妒。

在職場上會遇到什麼事，誰都很難跟你保證，就算是老闆，也無法跟你保證公司能養活你一輩子，指責是沒有用的，但是，我們可以有什麼樣的反應，或是安排，卻是可以選擇的。

如果我們一下子就跳到結果，認為事情總是往負面的方向走，那麼，任何事情對我們來說都是痛苦的。事情的好壞，只在於我們的看法。

當我們不順利時，不要怨天尤人，不要讓自己在想法中受傷，事情有所疑慮時，就盡力去改善它吧！做你能控制的事。

如果我們一開始就設想好，就算事情發展到最後一步，也能再為自己開出一條嶄新的道路。當你能夠從看到他人所看不到的希望，那麼，你將會是那個幸運之人。

02 行動才是取得成就的關鍵

「說」與「做」是兩回事，要「說」一件有價值的事，不如「做」一件有價值的事還來得有意義。

紙上談兵很容易，但要怎麼帶兵打戰才是個問題，執行層面永遠比企劃層面來得有挑戰，這並不是說事前規劃不重要，你在做任何一件事之前，都要先考慮事情的流程、人力的配置、將可能的風險評估出來等等。

但沒有計劃而直接行動，那叫莽撞；有了計劃才去執行，會讓你的每一步走得更穩，最重要的是，要實踐它們。

即使是公司內部的會議進行也是有流程，對外就更不用說了。就算你去拜訪客戶、去開會，也不可能毫無準備。該說什麼話，要怎麼做，在過去之前心底都有盤算，這些是你對自己說的話，等到見了客戶，將心中的盤算講出來，才算是執行。

每一次的行動，都要謹慎，當你踏出第一步，就要思考它的走向，是不是和我們設定的一樣？

真正付諸實踐的行動，是經過深思熟慮，謹慎思考過後，最後，才能得到我們想要的結果。

如果你只是因為熱情，未經思考就一頭栽下去，剛開始還興致勃勃、鬥志高昂，後來事情不盡人意就心灰意冷，甚至離開原來的職場。像銷售保險或房子的業務員，他們的流動率都特別大，有人取得成就，有人灰頭土臉。

這些人沒有能力嗎？他們當中不乏大專院士、高材生，頭腦非常聰明，但不一定能夠維持下去。

談論跟執行，永遠是兩回事，但又不能將它們分割。如果你想要達到某個成就，像是名片上多一個名副其實的頭銜，或是年薪三、五百萬，令人稱羨的地位，你就必須要知道，為了實現這個願望，你必須要付出什麼代價？在這個過程中，又會遇到哪些困難？而你，能夠應付嗎？

熱情還必須要有柴火投入，才能產生動能，才能讓你往你要的方向前進。既然你想要達到目地的話，那你是不是得減少無謂的娛樂，將心力放在加強自己的技能部分？丟掉那些無謂的娛樂，關上電視，拔掉網路，去學第二語言等。

如此，你才不會在事後抱怨，那件事本來可以達成，如果你有做了什麼努力，你一定能成功。

但事實上，你沒有犧牲的決心，你什麼也沒做，所謂的「努力」，也只是嘴上說說而已。既然你只是嘴上說說而已，那不如不要講，把這些時間花在更多你想要執行的事情上，不論那是什麼？說了則去執行，跟說了裹足不前，兩種人的成就是完全不同的。

如果你考慮了所有狀況，全盤推演後，對你的未來仍然抱有希望，決心依舊堅定，那就去執行吧！決定之後，全力以赴去做，就什麼也沒有。

人們常常想要取得成就，成就無所謂高或低，只要是自己想要的，想要獲得成就，不是三言兩語，或是書面企劃就可以的得到的，最重要的，還是要採取行動。

行動，才是取得成就的關鍵。

老是怨嘆獲得賞識的，都是別人；或是說自己在幾歲要退休，卻沒有去實行的人，就連談論這件事，也變得毫無意義，講多了，也只會讓人覺得跟你談話很沒意思。

只有將他們的理論化為行動的人，才能獲得精彩的人生。

關於執行你的夢想，走向你的目標，現在應該嚴肅而認真的對待了，當你訂下目標，就朝它走過去，否則，終點線永遠只在遠方。

03 任何事物都可能幫助到你

對我們有好處的，叫做獲得；對我們無益的，就叫失去。「獲得」與「失去」只是我們給自己下的注解。任何的事物，如果可以從不同的角度、不同的觀點切入，就能夠從中獲得益處。

好比失敗吧！看到他人失敗，我們除了為他惋惜，給他打氣，同時也給了自己警惕。你不會踏上他失敗的道路，就算是同一條路，你也會謹慎的避開他跌倒的坑洞，不讓自己犯下同樣的錯誤，這不就是「獲得」嗎？

從成功的人身上學習成功，從失敗的人身上獲得警惕，甚至那些你看不起的，入不了你眼的事物，可能都藏著啟發你的哲理。

包括那些平常被你忽略的事物，都藏著另外一種思考，這種思考可以改變我們原來的思維，讓我們恍然大悟，獲得另外一個新世界。

為什麼同樣的事情，在這個人的身上就可以見到效益，那個人就不行？我們到底忽略了什麼？

在平淡無奇的人身上，你可能能夠看到他待人的溫柔與熱忱，你以為他沒什麼長處，而他的特質，卻能讓客戶如沐春風、感到舒適，即使表現不突出，也有他的價值；平常沒什麼表現的人，既不會說話，也不懂得交際應酬，在伺服器出了狀況，卻能夠跳出來修復，為大家解決問題。

我們的眼光，還有我們的思考模式，都已經被框架束縛了，還有我們的時間，都被工作綁住了，以致於無法讓我們進行思考，關心周遭的事物。唯有接觸跟原本職務無關的事物，才知道還有多少事情，是我們不曉得的？

如果可以多去觀察身邊的事物，就可以發現「啊！原來還可以這樣做啊！」那麼，我們就能有所收獲。

只是人們常常以忙碌為藉口，只專注在自己的事務，認為每天忙於工作，已經沒有多餘的心力去應付其它事情了。

並不是要叫你花額外的時間，去接觸其它事情，也不是要叫你八卦，聊些瑣碎而沒有營養的事情，而是除了你的工作外，可以張開耳朵，聽聽雖然跟自己無關，卻有意義的事情，並從中獲得成長。

這件事為什麼他要這樣子做，不照原來的模式走？他有他的用意嗎？他的想法跟我們的哪些相同、哪些不同？相似處固然心有戚戚焉，不同之處，又有什麼值得學習之處？

好比老闆跟員工吧！為什麼同樣的年次、同所學校出來，他有如此成就，而你還在當人家的員工？

思維不同、高度也不同，換位思考，可以讓你更趨近成功的特質。只著重自己的觀點，而無法讓新鮮的事物流入自己世界的人，是很難有什麼進步。

不要因為忙碌，而拒絕所有靠近你的事，即使你明明知道那對你有所成長，卻還是將它往外推。不是只有在課堂上才能學習，發生在你職場，包括生活中的一切，都值得你去細細推敲。

多多接觸你周遭的事物吧！不管那是什麼。

只要你以前沒有經歷過，沒有接觸過，都可以從裡頭找出讓我們成長的因子。看起來跟工作無關的事務，孰知不是另外一種成長的方式？

任何事物，都有值得我們學習的一面。

04 振作！才有能力工作

對於那些無法逃開、無法避免的不幸，人們總是感到痛苦，當災厄來臨時，人們只是揪著它，抱著它一起沉淪，彷彿這個世界上，只剩下痛苦與自己為伍，不幸纏在身上了。

「為什麼倒楣的總是我？」「為什麼他過得好好的，而我卻要受到處罰？」「為什麼幸運女神只眷顧他，不眷顧我？」當不幸降臨時，人們總是自怨自艾。

就算你上班時，只想好好的工作，當不順利時，這些念頭無可遏抑的冒出來，覺得自己做了那麼多事情，付出那麼多心力，為什麼還會遇到這種遭遇？而這些遭遇，可能是自己造成的，也可能是別人帶來的。

你沒有犯什麼錯，卻被降職了；你所信任的人犯了錯誤，連帶的你也遭受了處罰。你擁有的地位與權力，突然一落千丈；你正在實現你的夢想，突然被擋了下來。

我為什麼那麼不幸？正在痛苦深淵的人，如此想著。

痛苦的人只會自怨自艾，覺得除了自己，沒有人可以感受到他的痛苦，沒有人可以體會他的心情，他是孤獨的、可憐的，除了他之外，沒有人會比他再不幸了。

事情真的如此嗎？不妨想想，當我們用盡全力，卻無法得到我們的渴求、或我們無法控制的東西，我們又怎麼可能高興得起來呢？

升官也好，加薪也好，因為對它們的強烈渴望，卻又無法得到，以致於自己相當難受，也就將不幸綁在身上了。

特別是你所無法控制的變故，像是高層的決定、市場的動向，這些都不是你能掌握的，即便你再謹慎，避開可能的變故，它還是發生了，甚至是一向順遂的工作環境起了變化，你脫離了原來的舒適圈，讓你不安而難受。

相較於自己的不幸，他人得意，就讓你感到難受了。

明明跟你同期進來的，現在都成了你的長官，見到他時，你還得畢恭畢敬，對他道賀；他人對他的賀喜，就是對你的冷落，於是你感到羨慕、妒嫉，甚至憎恨、痛苦，為什麼他能夠爬到這個位置，明明我的努力也不亞於他呀！

是否有想過，當自己得意時，有想過他人的心情呢？

好處不可能你一個人獨享，困厄也不可能全都落在你身上，之所以會覺得世界上只有我不幸這種念頭，是因為你將自己關在抱怨、嫉妒、羨慕和恐懼中。

你看著那些你想要，卻無法得到的東西，讓自己陷入了痛苦之中。說得直白一點，如果你不因為得不到憧憬的地位或財富而怨恨，就不會認為自己是不幸的。

公司所指派的海外派遣只有一個名額，現在挑上了對方，而不是你，這麼好的福利被其他人奪走了，自己在公司的眼底，是否沒有價值了？望著你所屬意的職位，卻成了他人的，你的心感到深深的痛苦。

在看著他人得意，特別是威脅到你的權益時，那些痛苦、憎妒，更是將自己推向深淵當中。

放過自己吧！既然那不屬於你的，再把自己跟痛苦綁在一起也無濟於事，其他人不會因為看你可憐，而給你機會。

老是把自己當作被害者，無法讓他人看得起你。

我們在意的，他人不一定在意，那些我們自以為的不幸，品嚐的只有自己，他人都在為自己的工作忙碌時，是沒有空過來安慰你的。或許一開始還有意願拉你一把，但如果你遲遲不肯起來的話，人家可能也就如你所願了。

我們的態度，人家也看在眼裡，一個無法振作起來的人，又怎麼有餘力去處理重要的事物、擔任要職呢？

放過自己，才能夠看到懸崖上的空曠世界，不要被自己的情緒綁架了，浪費了成長的時間，那只會讓你失去更多機會罷了。

05 不因他人尊敬你而自我膨脹

沒有一個人可以擁有所有權威，如果他真的這麼認為的話，那他就以為自己是神了，如果他覺得自己是神的話，那他就要有像神一樣的義務，讓百花盛開、讓草木生長，讓萬物在平衡當中欣欣向榮。

神之所以為神，是因為他賜給人類甘霖和鮮果，讓人類得以飽足、生存，並帶領人類從黑暗中進到光明。如果他對人類毫無益處，他是不可能獲得這個能力，還有人類的尊敬。

如果你沒有神這麼大的能耐的話，就不能自以為是神，特別是你身居要職，擔任所謂的領導、上司、長官，不論那個稱呼是什麼，頭銜有多亮眼，當帶領你手下的人做事時，更要明白自己的職責所在。

當你站在那個位置上，掌握了一點權力，就沾沾自喜的話，你也無法受人尊敬。如果他們表面上假裝順從你，不代表他們心底想的跟表現出來的一樣。你必須要了解他們說出來的話是否真心誠意？如果是阿諛奉承，那大可不必，那太容易獲得了。

面對地位和權力，人們會有尊敬與害怕，如果你以為害怕和尊敬是同樣一件事的話，就大錯特錯了。人們尊敬的不是你這個人，而是你所處的這個位置，如果有一天，你離開了，除非你爬得更高，否則，人們很快就失去對你的尊敬。

當你坐在比其他人高的位置，更要冷靜的思考，底下的人與你的關係。你如果是個被賦予指揮的權力，就要有透析、明亮的眼光，去明白底下的人能夠為整間公司帶來什麼樣的福利？

這個人的執行能力強，就讓他去執行活動吧！那個人細心，就讓他策劃，或是擔任會計之類的工作。善用你的眼光，去發揮每個人的最大效益吧！

除此，你還得保持一個部門的和諧，在底下的人勾心鬥角的同時，為他們疏導；在士氣低靡時，為他們打氣。

你所要擔任的，是讓你的屬下發揮他們最大的潛能，而不是把自己自以為是神的地位，頤指氣使。真正的神從不說話，只會利用萬物的顯露來證明祂的存在。

下班時間到了，你能強迫他，銬住他的腳，逼迫他留下來加班嗎？他有他的立場，也站得住腳，然而，你卻為難了，你必須要求他為他的事情負起責任。

這時候，我們該怎麼辦呢？

你們必須要有共同原則，準時下班是應當的，把事情做好也是應當的，這些都不抵觸，那麼，增加效率就是共同的解決方式。

你獲得了他的尊敬，你也尊敬他的作法。你們維持在和諧的狀態。

你得先了解，你想要的是，是他人的尊敬，還是他人的畏懼，雖然它們看起來很像，但卻是完全不同的狀態。

不要被表面迷惑，也不要以為你站在椅子上，就以為其他人都變矮了，沒有了那張代表權力的椅子，你跟其他人是一樣的地位。

不要因為其他人畏懼你而自我膨脹，即使他獻上他的尊敬，你也要用同樣的敬意給予回應。

萬物總是會消長、流轉的，當他擁有足夠的進步，總有一天，他也會站到跟你一樣的位置，甚至超越你。

06 勇敢地面對困難

當你走向上天為你鋪設的道路時，就註定了你在這條路上會遇到的種種事情。你的天賦誘導你的動向，你的個性決定了動態，你想要有非凡的成就，相對的，你所遇到的挑戰，也會跟別人不一樣。

明明是同期進來的同事，卻晉升的比其他人快，如果不是身世背景顯赫，就是因為他已經通過了屬於自己的挑戰。

當你還在看著眼前的困境自怨自艾，他已經想辦法過去，到達目標了。你又驚又慌，眼前這塊石頭為何如此巨大？難道不能順利一點嗎？你如此心想。這件事情到底要怎麼做？以前從來沒有碰過啊！

就算以前沒有碰過，不代表你未來就不會碰到，尤其是轉換跑道的時候，隔行如隔山，不同行業有不同的難題，那些都是你所不熟悉、所無法掌控的，而這些都是我們決定往那條路之後必須面對的。除非你準備回家當啃老族，不然，在外面任何一項工作都是不容易的，特別是你想要有所表現，有成就的時候。

總是得熬過寒冷的溫度，你才能聞到梅花的香味。

然而，同樣的挫折，反應卻不相同。有些人不把困難視為困難，對他們來說，沒有不可能，事情來了，就去面對；無法解決，就找方法，如此而已。

過得去的關卡就叫「挑戰」，過不去的就叫「困難」。事實上，兩者是一樣的。它們是上天擺在我們道路上的巨石，就看你怎麼稱呼它而已。

覺得自己無法與人溝通，想要磨練口才，最好的方式，就是直接去跟人面對面講話，而不是光在家裡面對鏡子裡的自己。

想要提升自己的銷售能力，就是不斷地去開發新客戶，在每一次的拒絕中，找出讓客戶點頭的方法。

想要擁有自己的一番局面，那麼，你在創業的過程中，那些種種挑戰，正為你的成功奠定基礎。當然了，這些挑戰並不好過，你去拜訪客戶時，第一次，他給你吃閉門羹；第二次，還是閉門羹；第三次、第四次……最後，他打開了門。沒有客戶第一次見到你來，就會開心的說：「太好了！我正在等你的到來呢！」

我們想要成功，就必須經過不斷的磨練，去除我們身上的缺點，改掉不好的習氣、彌補我們的不足，一個人如果想要成功，就必須要付出努力和代價。

在逆境當中所得到的收穫，比在順境當中還豐富。人在痛苦的時候，記憶特別深刻。

如果你做什麼都很順利，恭喜你，你是天之驕子，在熟悉的環境得心應手，所做的都是你可以控制的事。

但如果把你放到不同的環境，你就不知道該怎麼做了？將你從這個部門調到另外一個部門去支援，你可能就不知道該怎麼進行了。

不要害怕你即將面對的事情，不要認為那是困難，如果你認為那是你該做的事情，那些就不算難度了。無法當下解決，那就尋求他人協助，或另外找尋可以化解的方式。

一個人的個性，從他們所處的環境中就能顯示出來，你能不能接受挑戰，想辦法化解你所遇到的問題，為公司解決麻煩，這也證明你的價值。公司請你來做事，除了借重你過往的經驗，更希望你能幫他們解決你在你做的事情當中，所遇到的問題。

不要讓你的想像，阻止了你的前進。要知道，想像中的怪物比實際的還要來得嚇人，很多時候，事情解決了，你就會發現事情原來沒有那麼難，人們是被自己的想像擊垮的。

不管你遇到了什麼，你總得越過它們、積累經驗，將不熟悉的化為你所能掌控的，從生手到得心應手，才能到另外一個境界。

07 自信和謹慎並不矛盾

成就的達成，在於謹慎的踏出每一步，就像走在滿是冰塊的湖面上，如果想抵達對岸，在評估所有狀況，避開可能發生的危機後，就能夠充滿信心，做出下一步的抉擇。

不論面對什麼事物，我們需要分辨什麼使我們感到恐懼、害怕，並將它從我們的心中拔除。如此，自信自然湧現。

等會客戶就要來跟你開會了，他會不會滿意這項企劃呢？還是將它嫌的一無是處？這幾個禮拜，你不眠不休，已經將它做到盡善盡美，對企劃你已經很有信心了，你為你的企劃感到驕傲，那是你設想了所有可能會犯錯的環節，並提出改善，你終結了每個可能發生的錯誤所誕生出來的。

在面對所有可能犯錯的事物，只要能夠謹慎的對待它們，就能改變它本來會走向錯誤的後果。

就像編輯吧！在將稿件送去印刷前，仔細看著文字是否有錯誤，編排是否有缺失，最後讀者在買到書的時候，就能得到一本精美的書籍。

就像會計，在面對每個數字以及小數點時，只要小數點的位置錯誤，金額就不同，如果他夠仔細，不讓眼花或是蒼蠅腳，將小數點放放到不該放的位置，那麼，就可以避免誤會以及錯誤。

謹慎的對待你經手的每一件事物，那可能只是一份行事曆，或是昨天的會議記錄，盡你最大的力量，不讓錯誤發生，如此，你方能信心滿滿，將它交給上司。我們如果想要讓事物有個完美的結果，就必須要有這樣的態度。

事物的成敗取決於意志，如果我們覺得它沒有好下場，不可能有好的後果，於是，就會輕忽、怠慢它，那麼，事情走向悲慘的結局，也是理所當然的，因為打從一開始，你就沒有完成它的心理準備。

在你心裡，那是一件註定沒有美好結局的事物，你就放棄了它，它也就如你所願了。不管是工作，或是感情亦是如此。

只要是屬於你的工作，想要讓它走到美好的結局，就謹慎而自信的對待它吧！唯有將心思放在你想要完成的方向，它才會走到對的方向。

而在身邊，也不乏看到有些人對它的工作似乎漫不經心，卻能達到很好的表現。你會發現，那是因為他們在你看不見的時候非常努力，才會在你的面前，展現出毫不費力的輕鬆狀態。

就像計程車司機，有駕照的人都會開車，但是得心應手，將開車當作娛樂般休閒，是他們漫不經心嗎？那些人在他們的工作崗位上已經許多年，已經設想了哪些路段，在什麼時候可能塞車，並且避開它，或是建議另外一條你想不到的道路，所以你才能在半個小時之內，就到達你原本估計要一個小時才抵達的地方。

這些人輕鬆寫意，看起來自信滿滿，謹慎在他們的心中，展露的卻是自信。能夠到達這個程度，你必須思忖在你看不到的時候，他們做了多少功課在鑽研這個都市的路況？

唯有謹慎，避開錯誤，才能將它推向好的結果。

在你處理事過的過程中，你不能大剌剌的，不能不在意，當你對事情全盤掌控，事情才會照著你想的方向走。

當你對你的事情負責，就會對它謹慎，在阻止所有可能錯誤的可能性，事情就會圓滿，如此，你怎能不相信自己呢？

08 你以為理所當然，他人卻不這麼想

不管你的職位是什麼，在你的崗位把工作做完就算盡本分。如果想要有更高的成就，更應該把心力投注在其中。

一個人想要磨練自己，在事業上有所成就，他會先進行思考。事情要怎麼做才能順利完成？目前所規劃的細節，能夠完成嗎？會不會出現可能的困難或錯誤，又要怎麼戰勝？事情要怎麼做才更有效率？除了目前所能想到的方法，還有其它更好的方法？

除此，還必須要明白哪些是自己可以操控的，哪些不是自己能掌握的？他必須要有判斷的能力，因為那些無法掌控的事項，而讓自己陷於難過、悲傷、不安的情緒

中，對於自己反而是個災難。

在患者送進醫院之後，護理人員盡力的搶救，然而，患者卻不聽話，一直要離開醫院，最後，病情惡化，再度回到醫院。

這是護理人員所能掌控的嗎？他們已經在他們所能做的範圍內，盡到最大的努力，而患者的決定，卻不是他們所能控制的。護理人員不會因此而停下腳步，為患者的病情加劇感到哀傷，因為，還有更多的急救患者等著他救治呢！這是利用理智，做出最適合整個大局的判斷。

不可否認，職場上很多事息息相關，好也罷、壞也罷，當我們看到自己所負責的事物正在執行時，其它事物的干擾，會迷惑自己的判斷。

我們以為的理所當然，其他人可能不這麼想，這也是為什麼每個人的成就不太一樣。

即便是公司內部的報表，可能你看了沒問題，他看了卻捉出其中的毛病，你以為他雞蛋裡挑骨頭，孰不知魔鬼藏在細節裡，因為一點數字異常，而揪出了公司裡的舞弊，這是他的能耐。

想要擁有精準的眼光，要靠經驗與智慧，並在自己的位置上，做出最適合的判斷。

處在這個紛紛擾擾的世界，保持心靈的清明，也是很重要的一環。我們必須要了解，在我們眼前的事物，到底是真相還是矇蔽？特別是我們擁有權力與地位，對於這些就不得不更謹慎，因為你的判斷，都跟公司的利益有很大的關係。

這個人才可不可以用？那件案子即使能夠成功，也要看出它是為公司帶來利潤還是負成長？你要能夠做出最適合的判斷，就要不斷訓練自己的眼光、敏感度，加上自己的專業，在下判斷時，才有所依據。

在自己能夠掌控的範圍，做出最好，或最適合的判斷，那是你對公司的貢獻，也是你在這個工作發揮價值的地方。

至於跟你的範圍無關的判斷，就交給其他人吧！因為你沒有那樣的能力。

有人認為自家會計難搞，不過幾百塊的報帳，也要斤斤計較，對那個會計來說，就算是小錢，也是公司的資產，他在他的位置上，就要把自己的本分做好，如果他對於這個帳目有疑慮，在核銷上自然也就更加謹慎。這是他的判斷，也是他的專業。想要消弭他的疑慮，就是讓這筆帳清清楚楚。

正因為是在自己熟悉的，可以控制的範圍內，就不會被渾沌不清、來歷不明的表面現象所蒙蔽，影響判斷。

因為公司所賦予的權力，所以你的判斷要更謹慎，杜絕可能到來的危害，為公司帶來效益，能夠贏得信任，同時，你的能力也會不斷的提昇。

不管判斷正確還是錯誤，好的影響，我們開心；至於錯誤的判斷所帶來的影響，我們也要有承受的勇氣，才是負責任。

09 站在公司這座舞台

在公司當中，每個人都有屬於自己的責任與義務，在完成這些責任與義務的過程中，也可以伴隨著自己的夢想。雖然你和公司是屬於雇傭關係，但你仍是自己的主人。

的確，在現實當中，你必須要照著公司的安排走，你之所以被安排到這個部門、那個崗位上，都有公司的道理在。雖然目前所處的位置可能不是你所想像的，那麼，就透過努力，去爭取心中的地位吧！

你想要達成你要的目標，就得全力以赴。讓自己的夢想，順著公司安排好的階梯，一步一步上去吧！

那並非一定是物質，或是權力與慾望，而是自我價值的實現，你所處的公司，提供了一個舞台，你盡力的去發揮你的能力，成為最耀眼的那顆星。當然了，有的舞台小，有的舞台大，你可能需要不斷的嘗試，才知道自己適合哪一個？

但是在你轉換跑道，走向下一個舞台之前，你目前所處在的位置，你所扮演的角色，就要好好地做完。你雖然是自己的主人，也不能任性而為，而你處在這間公司的時候，你的作為和行事，都跟公司脫不了關係。

當你出去與人交涉時，人們看得不只是你這個人，更是你背後的公司，雖然很現實，但如果除去公司的話，你的價值究竟是否存在或是縮減，這一點仍是值得省思的。

在你成為公司的一份子，公司需要你來協助運作，你也需要公司來實現自我的價值，說穿了，你們只是在互相利用，但是，你要有利用價值，才值得被利用。

在這些配合的過程中，人們都會去選擇對他們有益的事情，如果還是遇到無法掌控的事物，也不要讓自己陷入嫉妒、失望、氣憤等負面情緒當中。在這種氛圍之下，人們很容易喪失自我，或被其他人所利用。

我們為公司做事，但也不代表上面交待什麼，你都得全盤接受，你所做的事情，要合乎法律與道德、理性與良心，才能夠避開不幸與災難。即便我們無法抵擋災禍的到來，但要警戒，利用理智來區分。

沒有不幸與災難的干擾，就好好想想，既然你選擇了你的工作，那就好好的在位置上盡你的本分吧！在公司的要求之下，盡可能的發揮你最大的力量，不論你站在什麼位置？

或許那可稱之為「忠誠」，這是你融入團體當中，維持精神秩序的條件之一，讓你準備好去做任何事，但別忘了做人的品性。

全心全力，投入在你所處的環境，關注各方面的問題，尊重你的公司，根據指示，去執行上頭交待的任務，雖是雇傭而存在利益關係，但別忘了，對當前的一切，都請保留一份善意。

你與公司的存在，都有其道理存在，不是一個隨意而毫無意義的組合，為什麼是你，而不是他進到這間公司，你是否有思索過？你的價值，遠比你想的還要多。

或是你不是擔任主角，但在當下，資方仍提供你一個舞台，我們盡可能從其中找出生命中美好的事物，也許是人與人的關係、也許是自我價值的呈現，在你站在當下這間公司的舞台裡，盡力去發現值得珍惜的部分。

而當我們感到哀傷、無助或困擾時，更要在自己的位置上，尋找自己的意義，如此，我們就夠能更加堅強、自信。即使之後你離開這裡，在其它地方也能夠擔任重要的角色。

CHAPTER

5

真正的做自己，是為自己而活！

01 知足者才能自樂
02 平靜、快樂才能好好工作
03 充滿自信，控制停損點
04 工作煩悶時如何突破？
05 努力工作卻不得賞識？
06 接下來你只要認真工作
07 工作對你的意義

01 知足者才能自樂

跟宇宙比起來，人是微不足道的，我們跟神有許多的類似點，但還是有很大的不同。

神之所以為神，人之所以為人，在心靈層次就有很大的不同。人類有愛憎、有貪嗔、有慾望，而神已經超越這一切。

人們願意服從神，對於神所安排的一切，都非常滿足，不會因為得不到的權勢與地位而生氣，會自發做好每一件事，對於得不到的痛苦一笑置之。這些人，明白神所賜予的真諦。

這不代表他們就不求上進，不再進步了，這些人知道自己追求的是什麼？付出汗水所獲得的成功，比財富更令他們滿足。

上班所獲得的金錢報酬，固然令他們喜悅，而更讓他們滿足的，是透過他們經手的每件事，與人之間的互助，在每件或大或小，為公司所盡的每一份心力上，都證明了自己的價值，雖然薪資無法完美呈現，卻讓人心滿意足。

在自己的工作崗位上，將他們的位置擦得晶亮，調整最適合自己的角度，這些人對於自己所擁有的一切，是樂天知足的。

他們的地位也許不高，但在下班的時候，能夠舒舒服服的去吃碗湯麵，放假的時候泡個溫泉，雖然位處不算高階，但對於公司所提供的位置，讓自己靠著自己的力量賺取這一切，已經心滿意足。

這些人對工作的貢獻，雖然絞盡腦汁，下個月也不會因為你比上個月付出了更多的努力而加薪，但在執行事務的過程中，你得到了同事的友誼，下屬的尊重，在你的帶領之下，一切走向盡善盡美。

滿足於自己工作的人，不會因為其它事情，而分散了專心，那些可能是更高的地位，或是令人心猿意馬的財富。他們只專注在自己負責的事情，因為他們明白，倘若因為慾望，而動搖了人們對你的尊敬，多麼不幸啊！

許多在職場上留下臭名的人，跟金錢利益脫不了掛勾，那些，都是人們按照自己的慾望而誕生出來的。

既要清白的名聲，又想要口袋滿滿的金錢，是不可能的。順著人類慾望而進行的事物，在神看起來是瘋狂的，因為那滿足自我私慾，對於自我成長，還有品性的淬礪，並沒有太大的幫助。

那些願意服從神的安排的人，認為現在所擁有的一切，都是上天所賜予的。像是擁有工作的能力，能夠思考的頭腦，還有健康的身體，可以進行你的工作，是多麼幸福的事。

在他們的眼中，任何的事物，都以最完美的姿態來到你的身邊。

就算升遷沒有你的份，也不用在意；那個曾經提出豐富的報酬，要求你在不清楚的文件上簽下名字，而你執意不肯的人，過得並不一定比你好。

多了那些地位與財富，不一定會讓你過得比現在還糟糕，也不一定比現在好，那些不屬於我們，即使獲得了，也不一定安心的外物，就讓它回到它本來的位置吧！

細細探究，會發現那些讓人紅了眼睛、少了格調，甚至失控的東西，都是按照人們自己的渴望而產生出來的。

我們雖然不是神，但可以讓自己像神一樣平靜，找回自己的意志。

你所遇到的、面對的，宇宙都有用它的用意，就算你當下無法解讀，等到時機到來，你就會發現當初升遷比你快的人，健康出了警訊；那個因為你不肯簽下名字，而跟你鬧彆扭的人，現在被抓去牢籠，你不禁慶幸，當初拒絕不屬於自己的財富。

宇宙之所以這樣安排，自然有它的用意，我們就欣然的接受吧！心不甘、情不願的情況下，在哪裡都是痛苦的。

知足的人維持著一切美好的運行規則，他們相信，跟自然保持和諧的關係，是最貼近宇宙的一面。

02 平靜、快樂才能好好工作

如果你衣食無缺、物質生活不虞匱乏，卻總是驚恐、憂慮，被永無休止的慾望所困擾，那麼，你還會感到快樂嗎？

一個時常被投入石子的湖面，是不可能平靜下來的。不管是生活還是心靈，在混亂的時候，是不可能得到快樂的。稍微有一點風吹草動，就會擔心受怕、或是悲傷憤怒，這些人失去了他們的自我意志，完全被外物控制，這樣的人還會幸福嗎？

我們每天都要面對許多事情，工作上的事情、同事間的事情，一整天下來，我們的身體感到疲累、頭腦也不得停歇，但我們的心靈卻是我們可以控制的。

那些發生在我們周遭，大大小小事情，我們可以選擇被它影響，也可以一笑置之，如果想要尋求高層次的生活，就要將自己從精神上的混亂跳出來。

當同事不小心犯了錯誤，把明天要跟客戶談的企劃，送入碎紙機，而使得整個部門的人都無法準備下班，這時候，你是要大發脾氣、暴跳如雷？還是平心靜氣，思索如何解決這個問題？

因為意外而導致整個計劃延宕，你是要靜下心來，找出補救的方法，還是對已經發生的狀況，你無法挽回的局面大發雷霆？

麻煩的事情已經發生了，生氣無濟於事，心煩意亂只會讓自己的情緒更糟，你可以選擇另一個讓自己更好的決定，或是維持現狀。

不少人因為生氣，就決定繼續失控，他們不知道該怎麼停下來，因為已經習慣了。可能是因為面子，或是懊惱，如同火上加油，在下一次出現同樣的狀況時，仍然暴跳如雷，結果成為一種習慣。

這個習慣是很可怕的，對於身體的傷害就不用說了，生氣的時候會影響心情，不是一個小時，或是一個晚上就能結束的，有時候甚至會到兩、三天，只要一想起來就發火，以致於影響手頭正在進行的工作，得不償失。

如果我們的心中總是充滿不安的情緒，甚至腦中充滿了野心，被嫉妒、怨恨、憎厭等情緒所蒙蔽，心頭不可能感到輕鬆。

那些名流、公眾人物、政治領袖、富人、極具才智和藝術天分的人不一定是快樂的。我們會認為這些快樂，是因為我們被口才、地位、榮譽、財產、舉止等這些外在的事物所迷惑，以致於對自己擁有的一切產生懷疑。

看到他人的成就，卻不是我們的；上頭的賞識永遠在別人身上；公司頒發的獎賞，都是其他人的。那對於認真工作的我們，公平嗎？

仔細算一下，其實我們並沒有損失，我們擁有工作，擁有同事間的友誼，擁有做事的能力，擁有快樂的心，只是你看不到你所擁有的。

更別說，那些外在的事物本來就不屬於你，跟你毫無關係，看到別人擁有而感到妒意，因而亂了你的心。

如果我們總是充滿渴求、慾望，是不可能會有一顆輕鬆自在的心。

你能不能感到快樂、幸福，取決於我們對事物的看法，還有如何讓它發揮作用？

因為無法控制的因素，而讓自己情緒低落，是不智之舉。如果你老是想著事情怎麼一直都不順利，它就會以這個面貌向你走來。

去拜訪客戶的途中，突然下起傾盆大雨，你會把損失怪罪於天氣；中午送來的便當，不是你喜歡的口味，你會怪罪於早上責罵你的長官。你會認為，不幸會帶來不幸，那麼從一開始，就控制它吧！維持我們的心境，讓它保持平和。

讓自己從混亂當中走出來，你會發現，好或不好，都是我們自己所能掌控的。一件事情的好與壞，順利或困難，都不是我們所能預想的，不管你喜不喜歡，已經發生了，那就接受它吧！只有這樣，我們才可能心平氣和。

你會發現，許多時候，都是自己放棄了快樂的權利。

記得時時提醒自己，懂得自制，多看看事物美好的一面，提醒自己所擁有的，就會知道自己仍然是受上天眷顧的。

03 充滿自信，控制停損點

人都有理性和感性兩面，感性的一面讓我們情感豐沛，關心周遭的人事物，而理性提供了我們思考的空間。

在工作上，懂得如何思考很重要，那能夠引領你走向目標，在許多大大小小，需要判斷的時機與場合，做出正確、適合的決定。

理性能夠讓你清晰的思考問題的所在，將個人與公司的角色劃分清楚，也能夠明白自己在公司裡的定位。如果你只是單方面的接受要求，而不知道為什麼要這麼做，你永遠只能是員工。

好的領導者，不一定是公司最有權力的人，但他一定是一個懂得思考的人，他能夠思考這件事之於他，或是能為公司帶來什麼樣的利益？甚至包括自己的權利與義務。可以說，正因為有「理性」，公司才運作的下去。

人是感情的動物，而職場上不乏有「人」。當你底下的員工因為生病或是家裡有事，有幾日必須要離開工作崗位時，除了寄予關心與同情，也必須要考量到當他離開之後，他的工作是由誰來做？是職務代理人，還是老闆自己也得親自下海？他離開的這段時間，總得要有人遞補他的位置，這，就是理性和感性要兼顧的部分。

理性，是至高無上的，也不代表一切，生活中許多領域，理性就難以遍及，其實，理性並不是要求你要冷漠無情，在你所面對的一切，你還是可以抱以溫柔、慈悲與同情。一個理性的人，有時候會被人誤解。

理性是一種檢測的手段，不僅檢測我們所做的決定，還包括你所下的決定對大局是否有好處？也能避免情緒化，避免混亂不堪。

員工因為感情或家庭問題，而在工作場合失控，你一方面同情他，一方面又要考慮他的工作狀態，縱使我們對人有著憐憫，也不可能停下所有的工作，而擔誤到進度，這時候就要靠理性。

理性能夠讓你縱觀大局、解決問題，除了讓我們完成想做的事情，人與人之間的關係也能夠持久。關係的親近遠疏，要靠理性來區分。有些人自以為跟對方很熟，結果說了不適合的話，同事之間的關係反而更顯得尷尬。

清晰的思考需要訓練，同時還要將不適合的觀點去除，像是在會議當中必定有不同的意見，在這些意見當中，哪些為公司有益？哪些不同觀點的優點被隱藏了？在思考的時候，注意不同的層面，直至找出真相。

清晰、嚴謹、定位明確，這是理性的標誌，保護好理性，它才能保護我們。我們永遠不知道，災難什麼時候會降臨？

當一份需要你簽名的文件，放在你的面前，你會因為忙碌或對方是你信任的人，就直接落款了嗎？這個名字簽下去，或是章蓋下去，就得付出背後的責任，不論眼前站的是你的多信任的人，都用理性來評量吧！

理性不僅保護自己，還是區別謬誤與真理的工具，並區分真理層次的深淺高低，讓你對每一件事物，都有不同層次的了解。

不是每個人都這麼重視理性，他們寧願被情感蒙蔽，這類的人，認為事情會照著他們所設想的方向走，而不是真實的方向前進。

當你為了大局，而不得不忍痛與過去合作多年的廠商截斷關係，因為你知道，如果再和他們糾纏下去，會蒙受更大的損失。然而，不是所有的人想的都跟你想的一樣，有的人會依著情感，而忽略眼前的真相。

如果你是依靠理性去做決定的話，就不要因為這些而改變。因為你不只看到表面，也看到背後的本質。

在職場上，必須要讓理性站在你的前方，將感性安排在更好的地方。因為看不到你的感性，人們或許會因此說你冷酷，但一個真正顧全大局的人，是不會在意那些批評的，對他們來說，保全大局，為眾人著想，是他們的準則所在。

不要擔心他人對你的不實評價，如果你想要取得更好的成就，就去培養理性，增加你的思考能力。至少，遇到困難時的事，我們都能夠充滿自信，控制停損點。

04 工作煩悶時如何突破？

每天面對的不是公司就是客戶，出入的不是職場就是家裡，你在這些周而復始的工作上，像個陀螺般旋轉，當初懷抱夢想，踏入職場的你，雄心壯志是否依舊？還是被沉重的壓力壓得喘不過氣，以致於忘了當初的堅持？是否能突破迷霧，為自己找個出口？

在不知為什麼而工作的迷惘下，每天一睜開眼，除了工作，還是工作，應付工作成為了每天的例行公事。

這時候的你，整個人如墜入五里霧中，不只工作，連生活的熱情也熄滅了。想要撥開迷障，卻又不知道該怎麼進行？

這時候，你茫然無措，覺得失去了重心，那就不該瞧著遠方，而往自己的內心瞧。想想什麼是自己要的，什麼是自己不要的吧？

你必須要明白，為什麼會變成這副模樣？在你忙碌而渾渾噩噩的生活當中，是否已經失去了自我？那麼原來的你又是什麼模樣呢？

你的理想又是什麼？最想做的事又是什麼？不妨將你的設想具體的描述下來，當你三十歲時，已經當上主管；四十歲時，引導著部門，如此，當你心靈感到疲憊時，就可以想想遠方的自己。

你想要達到那個目標，現在就不該自怨自艾，而要先知道你是誰？這並不是指你的名或姓，而是你在社會上的角色，跟公司的立場，以及與他人的關係，先明白自己能夠做什麼，然後不斷的學習。透過學習，我們才會成長。

我們一定要清楚自己是哪種人？畢竟，能力可以透過培養和訓練，但如果沒有資質，就會讓自己陷於痛苦中。

有人天生求穩定，要他與人溝通說話，總是結結巴巴，氣像是喘不過來，這類的人或許可以透過訓練達到目標，如果他在辦公室當中，可以把大大小小的事做的很好，別的部門需要支援的時候，他是個很好的後盾，那麼，這種人的世界就在他的辦公室中，也就不一定要成為尖端的業務員。

明明怕見血，卻要去當醫生或護士，遇到狀況就昏倒，如果你沒辦法克服的話，就是停止這條路，或是轉個方向，別讓自己和他人都感到困擾。

想要要求自己，最重要的就是實事求是，特別要知道自己的優點和缺點。如果我們沒有成為另外一種人的資質，卻偏偏要成為那種人，那就是委屈了自己。那麼，不論是在我們自己本來的領域，還是在我們想做的事上，都不能得到發展。

你的想法，和你是否有能力去做，這是兩碼子事。挖掘你的天賦，並接受它，如果你覺得你什麼都不會，但如果你具有善良、細心，對於照護的工作說不定能夠勝任。根據上天的安排，我們每個人都有各的天職。

想要取得成就，不一定非得爬到高不可攀的地位，而是重新燃起你對工作的熱情，透過對自我的修練，重新與職場接軌。

想要離開這泥淖般的生活，突破目前的窘境，那就要下功夫。

如果你評估過，覺得自己並沒有足夠的勇氣來面對風險，或者你還沒有準備好，或者你並不適合，那麼就要認真事實，選擇另外一條更適合你的路。不要自欺欺人，如果明知那條路不適合你，卻偏偏要走，明知不可為而為之，最後只是一事無成。

我們可以多方嘗試，好好修練，可以成為一個對數字敏感，在投資方面卓越的人，也可以成為關懷他人的社工，不管我們被賦予什麼樣的角色，我們唯一能做的和應該做的就是，努力的扮演好這個角色。

如果你註定是個讀者，那就好好閱讀；如果你註定是個作家，那就好好寫作。如果你是一名廚師，那就好好烹飪；如果你的味蕾比其他人敏銳，那就當一個美食家。

我們要磨練自己、提昇自我，就不要寄望外在的事物，也不要依賴或順從他人，自己的靈魂要自己自主。

05 努力工作卻不得賞識？

在我們的職場生涯當中，總是會發生一些令人不愉快，或是難以忍受的事情，像是明明你比另外一個同事認真，付出的心力比他多，做事效率也不比對方差，就連客戶或廠商也指定找你為他們做事，但是為什麼他能屢屢獲得長官的讚賞，而你則被忽略？

明明你盡心盡力，為了工作，已經好幾天沒和家人一起吃飯，犧牲假期，但你的努力、你的認真，卻沒有得到相同的報酬？

這些事情，讓我們感到怨懟，憤憤不平，覺得這一切都對你不公平，老天很明顯在偏袒某些人。

但是，我們也明白不論再怎麼怨懟、不滿，不公平的現象依舊不會消失，第二天張開眼睛，你還是選擇面對手上的工作，並且開始進行。

這些令人不滿的現象，究竟是人生來就必須要受的折磨、困難，還是上天透過這些，來磨練你成為一個堅忍、負責，能夠成大器的人物？

即便我們了解世上不公平的現象很多，就像有好人，就一定有壞人，但是那些上班時候偷雞摸狗，或是投機取巧的人，並沒有得到報應，那些對自己工作掉以輕心的人，日子過得比我們還要自在，這是讓我們不解，也難以接受上天的安排。

既然你明白他在工作上的缺陷，就可以知道你有多優秀，如此，你就能發現，你的優勢他不可能達到，那他所擁有的一切又有什麼好計較的呢？

你所擁有的珍貴特質，是上天賜予的，而你獨特魅力，像是對於事物的擔當能力，帥氣的行事作風，這些都是那些人所望塵莫及的。

當你擁有這些只有你才擁有的優點時，就不要計較那些在工作上掉以輕心的人，除了吃喝玩樂，對方的人生找不到關於他這個人所能彰顯的價值，人們對他的愛戴，是因為那些外在堆砌而來的事物，像是名車、財富、身家背景等。如果想從其中找出屬於他個人的優點，恐怕得傷透腦筋。

那些人過得真的比你好嗎？就算他們每天都睡在高級的床上，但是他靠自己的能力所達到的嗎？你的專注與責任感、公司對你的信賴及同事、客戶對你的信任，是他所擁有的嗎？

你既然看出他的缺失，那麼，其他人沒有察覺到嗎？

你和公司除了雇傭的關係，你貢獻時間與才能，付出心力與勞力，得到相對的報酬，你的價值因為工作而彰顯，你的心情愉快而坦然，生活充實且有意義，這些是那些輕忽工作的人所無法體會。

你是否有思考過，上天給予你這些美好的特質，是為了什麼？因為除了你之外，其他人是無法將這些美德彰顯出來的。

你擁有了高尚的人品，他人獲得財富，上天這樣的分配，似乎也沒有不妥。不同的是，那些外在的財富很容易隨著時光流逝，而你所擁有的是珍貴的資產，誰也搶不走，那是深刻在你骨髓、你的基因裡，人們在提到那些優秀的名詞時，第一個就是想到你。你會發現，其實你才是一個優勝者。

他人透過不正當，或是不正確的手段，所獲取的名利與財富，是你所不恥，如果你因為欣羨而採取跟他同樣的手段，你也會感到痛苦，因為你本質上就不是那種人。那麼，又何必為了他所擁有的而計較呢？

天生含著金湯匙出生的，所走的路跟一般人不一樣，他人所歷練的，正是他所缺乏的，不用羨慕他的擁有，也不必嘲笑他的不足，我們只需要保持敬業，不違背我們的良心，才不辜負上天的賜予。

好好思考自己對待工作的態度，還是照著他人的方式，就可以知道那些不切實際的羨慕有多可笑？

當重要的任務交到你的手上時，你不會逃避，也不會因為它的到來而倉惶失措，你有沉穩的心去面對，足夠的能力去擔當，上級的信賴也屬於你，最後的榮耀與掌聲自然也屬於你。

06 接下來你只要認真工作

全心全意投入工作，做好你職位上該做的事，這是人們工作的本分，也是對工作負責，並不是為了展示給其他人看，而是對自己的認可，在工作上發揮自身最大的價值，內心也會感到滿足。

工作勢必會有酬勞，但那不是絕對，有人放棄人人稱羨的高薪工作，跑去賣鹹酥雞，即使只是賣平民小吃，只要賣得有聲有色，他也能從其中獲得自我價值。

認真工作不是為了炫耀，而是一種處事的態度，除了公事也反應到其他的事物上。

在工作的時候，我們可以不斷的雕琢、體察自己的不足，並修正自己。人在工作多年後會變，一個是變得更加圓融、世故，一個是變得更加美好，因為在工作上所遇到的事情，可能是困難、可能是挑戰。

懂得思考的人就會反省、自我思考，並且修練自己，而他的脾氣、習性也會不斷的改善。

當你焚膏繼晷、日以繼夜，卻看到其他道人是非、渾水摸魚的人，也是渡過一天，對於自己這麼努力的工作，跟他所領的薪水是一樣的，不免質疑是否要認真工作的必要性？

如果你開始質疑，恭喜你，因為這代表你對於自己的原則是抱以高度肯定，雖然它現在有些動搖。

你會發現，當你跟那些過一天、算一天只想混日子的人，成為跟他們一樣的人時，你並不會感到快樂。

你會因為工作延宕而心慌，你會因為談論他人的是非而不安；甚至當你放棄了原來的原則，你會被沮喪、懊悔纏身，因為自己拋棄自我的原則而痛苦。

你會發現，你跟那些人完全不一樣。

你有著良好的工作態度，將它往完美的方向推進，你不曾對自己的責任有半分鬆懈，人們對你的信賴，是從那時候衍生而來的。

明白這一點，你的心就可以完全平靜下來。

那些美好的德行，是你之所以為你的珍貴禮物，就像黃金如果換個名字，也是不會改變它的價值。

當然，你會這麼做，不是為了要獲得稱讚，而是對自己的要求，我們並不是為了人家的讚美而認真，而是跟著我們的心前進。

投入每一次的工作，都是自我學習的機會，工作能力是透過長期不斷的訓練而培養起來的。

那些渾渾噩噩，上班等著下班的人，他們不懂得這一切，如果他們懂得的話，就不會浪費自己的時間，在不必要的事上。

不可否認，努力也是要有收獲，而薪水就是很好的報酬，但如果是為了金錢或地位，就必須好好的思考，它們的意義真的大過於工作時；為我們帶來的價值嗎？適當的慾望能成為你前進的動力，但讓慾望牽著鼻子走，最後你只會感到焦慮不安。

人們透過工作，來讓自己更美好、更堅強，除了不斷的自我反省，還可以獲得成長。為了讓自己的能力更強，發揮更大的價值，在我們手頭上的工作，就要好好完成，唯有投入心力，腳踏實地經手每一步，你才能明白其中的訣竅，從中累積經驗，並且避免錯誤，能讓你完整的學習你的行業、你的領域所需要的一切。

不論你現在從事的是什麼？也許是坐在辦公室的會計，也許是司機，只要你正在工作，就利用你的力量做好每一件事，你會發現，你雖然只是一個小螺絲釘，卻是不可或缺的。要記得，這個世界之所以美好，因為有你的存在。

你會因為你的付出，心中感到滿足而愉快，而這是努力工作給予我們的回報，這些是那些渾水摸魚的人所感受不到的。

有工作的時候，我們感謝上天賜予我們健全的軀體，或是一技之長，或是感謝發生在我們身邊的一切。

那些不論是好、是壞，讓你感到生氣懊惱，或是快樂喜悅的事情，以寬闊的視野來看，並且懂得欣賞好的一面，那麼，也就沒有所謂悲傷或負面的事情了。

07 工作對你的意義

除了金錢上的報酬，工作對於人們，到底有什麼意義，除了彰顯出個人的價值，工作本身究竟有什麼存在的必要？固然我們可以拋棄工作，但對於人類來說，它卻維繫了整個人類世界的營運。

在工作當中，我們都曾經自我懷疑，質疑自己到底適不適合工作？是不是有另外一條更適合自己的路？如果沒有工作的話，我們就找不到自己的意義了嗎？

證明自己的方式有很多，工作只是其中的一環，其它像是家庭關係、自我發展等，都能夠讓自己感到在這個世界上是有意義，而不是被世界遺棄。

但是，你不得否認，透過工作的確能夠挖掘出個人潛能，不管是對人，還是對事，都能有一份「貢獻」。

也就是知道自己有能力，能夠付出，對於一個人來說，是有很大的意義的。

當你付出時，你就會發現自己其實是擁有的，因為「擁有」，所以才能「給予」。既然你能夠在工作上貢獻你的才能，就代表你這個人本身是有才華、能耐的，不論那是什麼？設計也好、工程也罷，不論透過腦力，或是體力，其本質都是一樣的。

當我們對自己產生質疑時，工作是能夠挽救你破碎的心靈，知道自己在這個世界上是有價值的其中一個方式。

你會發現，為什麼有些人在情傷過後，會將心力投注在工作或其它事上？因為他受傷的那一部分，可以透過「付出」、「貢獻」，來證明自己其實是不匱乏，也不殘缺的。

雖然這個出發點不能說完全正確，但工作的確為人類心中快要鬆散的自我價值，將它重新凝聚起來。

人生會遇到的事情太多了，職場也是，但不論如何，工作不會背叛你，會背叛你的是其他外物。

倘若我們的人生需要自我反省，我們該怎麼辦呢？不要停在原地，而是要鼓起勇氣，往前踏出一步，下定決心來解救自己。遇到這種狀況時，不論你是要將手上的工作暫停，或是重新轉換一個跑道，都別讓自己坐困愁城。

工作之於每個人的意義不同，但它卻挽留了一個人跟社會的連繫。一個人可以很輕鬆，但跟社會的連結，如果心態正確，不會差到哪裡去？

其實，工作就是一種熱愛生活的方式，因為我們想讓自己過得更美好，所以我們不斷工作，並透過工作上的長進來改善我們。

這種改善不只是經濟上的改變，而是整個人思維的轉化，你如果把一個平常在鄉下工作的人，丟到大都會去，過了大半年，你會發現他的不同。也許是好的，也許是壞的，但我們更希望他是朝更好的方向前進。

一個毫無朝氣、死氣沉沉的人，如果能藉由工作，重新振作起來，這都是好事，人們都應該朝著有活力生活道路前進，否則只是一攤死水。

沒有人能在職場事業如意，多多少少都會碰到挫折，可能是來自於自己的瓶頸，可能是來自他人的干擾。

在他人沒有工作，而你還保有工作，你會覺得自己比他人更幸運，更感謝上蒼。抱著感恩的心，去面對你的人生。

想要讓一個人快速成熟及獨立，就讓他去職場上磨練磨練吧！它可以讓一個人接觸到更多不同的人事物，成為一個足以擔當大任的人。

那些好手好腳、擁有聰明才智，卻寧願卸責的人就不要在意了吧！你會發現，他們永遠只能在停在遠地。

不討好別人的職場生存術：
擺脫身心俱疲的人際關係，認清職責做自己，工作表現更優異！

編　　著　梅洛琳
副總編輯　張云喬
責任編輯　李冠慶
行銷企劃　江柏萱
封面設計　ivy_design
內文設計　菩薩蠻數位文化有限公司

法律顧問　建業法律事務所
張少騰律師
地址：台北市 110 信義區信義路五段 7 號 62 樓（台北 101 大樓）
電話：886-2-8101-1973
法律顧問　徐立信律師

監　　製　漢湘文化事業股份有限公司
出 版 者　和平國際文化有限公司
地址：新北市 235 中和區建一路 176 號 12 樓之 1
電話：886-2-2226-3070　傳真：886-2-2226-0198

總 經 銷　昶景國際文化有限公司
地址：新北市 236 土城區民族街 11 號 3 樓
電話：886-2-2269-6367　傳真：886-2-2269-0299
E-mail：service@168books.com.tw

初版一刷　2020 年 10 月
定　　價　依封底定價為準

香港總經銷　和平圖書有限公司
地址：香港柴灣嘉業街 12 號百樂門大廈 17 樓
電話：852-2804-6687　傳真：852-2804-6409

國家圖書館出版品預行編目(CIP)資料

不討好別人的職場生存術：擺脫身心俱疲的人際關係,認清職責做自己,工作表現更優異! / 梅洛琳編著. -- 初版. -- 新北市：和平國際文化, 2020.10
面；　公分
ISBN 978-986-371-250-3 (平裝)

1.職場成功法 2.人際關係

494.35　　109013661